维可兔

童·书·馆

维可兔的寓言故事

情商寓言

葛琳◎编写

北方妇女儿童出版社

·长春·

图书在版编目（CIP）数据

情商寓言 / 葛琳编写. -- 长春：北方妇女儿童出版社，2018.5
（维可兔的寓言故事）
ISBN 978-7-5585-2185-0

Ⅰ. ①情… Ⅱ. ①葛… Ⅲ. ①儿童文学—寓言—作品集—世界 Ⅳ. ①I18

中国版本图书馆 CIP 数据核字（2018）第 048365 号

情商寓言
QINGSHANG YUYAN

出版人	刘　刚
出版统筹	师晓晖
策　划	魏广振
责任编辑	李　严　王　丹
封面设计	孙鸣远

开　本　720mm×1000mm　1/16
字　数　80 千字
印　张　10

版　次　2018 年 5 月第 1 版
印　次　2018 年 5 月第 1 次印刷
出　版　北方妇女儿童出版社
发　行　北方妇女儿童出版社
地　址　长春市人民大街 4646 号　　邮　编 130021
电　话　总编办 0431-85644803　　发行科 0431-85640624
印　刷　保定市铭泰达印刷有限公司

定　价　28.80 元

在人类文化历史的长河中，寓言故事源远流长。尽管它篇幅短小，语言简练，却饱含生活经验与人类感悟，焕发着智慧的光芒与道德的色彩。它就像人类智慧的常青之树，虽历经沧桑，却仍闪烁着鲜活的生命力。

走进寓言故事这个文化宝库，就可以看到里面珍品无数，琳琅满目，都是我们享用不尽的精神财富。这些寓言故事经常运用拟人化的手法，赋予各种各样的动物、植物以人的思想，包含讽刺或劝诫的寓意，充满智慧地表现思想但又不失纯朴真挚。在这套书里，我们精心挑选了六种类型的寓言故事，分别是美德寓言、情商寓言、智慧寓言、科学寓言、励志寓言和理财寓言。为了突出寓言主旨，我们为每个寓言配以形象生动的彩色插画，使其更具可读性、故事性、生动性。

那么，就让这些意味深长、耐人寻味、发人深省的故事，带大家进入一个充满幽默、讽刺和哲理的智慧殿堂吧！让它们像生活海洋中的盏盏航灯，一起导引我们驶向成功，走向辉煌吧。

目录
MULU

盲人琴师和盲人琴童

有位年老的盲人琴师,琴艺高超,远近闻名。他带着一个盲童,以弹唱为生,四处漂泊。老琴师每弹断一根琴弦,就在琴体上认真地刻下一道。有一天,老琴师终于弹断了第一百根琴弦,他泪流满面地刻下了第一百道。因为老琴师的师傅在临终前曾叮嘱过他:当他弹断第一百根琴弦、刻到第一百道的时候,便可以打开遗嘱,按照遗嘱中

的药方到药店去买药,用药后定能双目复明。

他带着盲童迫不及待地找到了药店。出乎预料的是,药店的伙计不解地说:

"遗嘱中一个字也没有,只是一张白纸。"

老琴师惊呆了,简直不敢相信自己的耳朵。尽管他明白了自己师傅的一片苦心,可是支撑着生命的精神支柱却彻底崩溃了。不久,老琴师便去世了。

老琴师去世前,用盲文在那张原来无字的遗嘱上给盲童写下了自己的遗嘱:"我的生命可以告诉你:要战胜客观环境,首先要战胜自己。人的生命不仅需要物质力量的支持,更需要精神力量的支撑。"

光阴似箭,当年的盲童已是一位琴艺更加高超、名声更加显赫的老者。他在珍藏了数十年的遗嘱上又用盲文补充道:"希望、信念和目标引导着光明和生存,绝望和颓废引导着黑暗和死亡。"

在人的一生中,精神支柱是非常重要的,有了它,才有了前进的动力。

垂钓者

有位年轻人在岸边钓鱼，他的旁边还坐着一位钓鱼的老人。

两人就这样并排坐着，耐心地等待着鱼儿上钩。可奇怪的是，老人家总有鱼儿上钩，而年轻人一整天连一条也没有钓到，没有丝毫收获。

一开始，年轻人只是觉得自己运气不好，可是时间长了，他发觉好像是自己的方法不对，后来他终于沉不住气了，向老人询问道：

欲速则不达，太急于求成反而不会成功。稳定身心，沉得住气，才能控制大局。

"老人家，我们两人的钓饵相同，坐的地方都是一样的，为何你总能够轻易钓到鱼，我却一无所获？"

老人微笑着答道："年轻人，因为我钓

鱼的时候,只知道有我,不知道有鱼。我不但手不动,眼不眨,连心也似乎静得没有跳动,让鱼儿根本察觉不出我的存在,所以它们喜欢咬我的鱼饵。而你在钓鱼的时候,心里只想着鱼有没有吃你的饵;鱼儿靠近你的时候,你的眼睛在不停地盯着鱼;见有鱼上钩,心情急躁,情绪烦乱不安,鱼儿不让你吓跑才怪哩,你又怎么会钓到鱼呢?"

四人过河

一处地势险恶的峡谷，涧底奔腾着湍急的水流，几根光秃秃的铁索横亘在悬崖峭壁间，这就是过河的桥。有一行四人来到了桥头，他们一个是盲人，一个是聋人，还有两个耳聪目明的正常人。四个人一个接一个地抓住铁索，凌空行进。结果呢？盲人、聋人过了桥，一个耳聪目明的人也过了桥，另一个耳聪目明的人却跌下深渊丧了命。

站在桥对岸的一个人见到这种情景，就问已过了桥的三个人："为什么你们三个人能够过了桥，而那个耳聪目明的人却过不了桥呢？"

盲人说：

"我眼盲，不知山高桥险，便心平气和地攀索往前走。"

聋人说：

"我耳聋，听不见脚下的咆哮，恐惧相对地减少了很多。"

那个过桥的耳聪目明的人则说：

"我过我的桥，险峰与我何干？急流与我何干？我只管注意落脚稳固就够了。"

猴子当王

山中大王老虎要出远门,想来想去,最后把猴子叫来,说:"我出门在外的时候,山上的一切就交给你来掌管吧!"

猴子平时在山上游荡惯了,到处攀爬,和其他猴子一起嬉戏,一时间要做代理大王还真是找不到感觉。这只平凡普通的猴子开始想办法,揣摩威风凛凛的老虎的心理,模仿它的神态和举止,提高嗓门,尽量让自己显得威严庄重。猴子真的很聪明,不久它真的像大王了,因此以前和它一起玩耍的猴子都对它敬重有加,甚至诚惶诚恐。它自己也特别满意,感慨地说:

"做大王真过瘾!"

过了一段时间，老虎回来了。

猴子又开始苦闷起来，自己毕竟还是猴子，可是它怎么努力也难以恢复到以前，它的同类开始讨厌它，因为它还是一副大王的架子，甚至对它们颐指气使，在它们面前喜怒无常。

平凡的猴子痛苦地对同伴说：

"你们为什么就不能对我尊敬些呢！毕竟我也是做过大王的！只是恢复到平常太难了，我看，你们是不可能理解的！"

一只小猴子天真地说：

"可是你说这句话的时候还像大王呢！"

保持端正、平和的心态，不过分看重荣耀，就会拥有开阔的胸怀。

长城砖

绵延万里的古长城，作为军事防御工程，在武器高度发展的今天，已经失去了作用。于是，长城砖觉得它们是世界上最低下、最无能、最可怜的砖了！它们自怨自艾，十分羡慕那些能盖起高楼大厦和厂房的红砖、蓝砖。

直到有一天，一块普普通通的长城砖，忽然被人们运到美国一座大城市去展览。这块自惭形秽的砖，居然被放进了一个垫着软缎的玻璃匣里，陈列在展览大厅的镀金架上！

前来参观的人们络绎不绝，并发表着各自的感想。

"啊，我终于看到了伟大的长城砖了！"一位大学教授激动地说。

"万里长城是全人类的骄傲啊！"一位金发女郎说。

"长城砖啊！我们看到了你，就仿佛看到了祖国！"一对华侨老夫妻热泪盈眶地说。

听了老夫妻的话，匣子里的长城砖开始深思了：啊！我们往往只是因为不知道自己的真正价值，才妄自菲薄，只是因为不知道自尊，才失去尊严啊！

心中的顽石

有一位老农的农田中，多年以来横亘着一块大石头，这块石头碰断了老农的好几把犁头，还经常让他跌倒。老农对此无可奈何，巨石成了他挥之不去的心病。

一天，在又一把犁头碰坏之后，老农想起巨石给他带来的无尽麻烦，终于下定决心解决这块巨石。于是，他找来铁锹伸进巨石底下，却惊讶地发现，石头埋在地里并没有想象的那么深、那么厚，稍一使劲儿就可以把石头撬起来。原来自己一直被石头巨大的外表给蒙骗了。

将军的铜钱

有位将军要领兵到前方作战,将军胸有成竹,相信一定能够胜利。可是他的部下却不乐观,认为毫无必胜的把握。

将军眼见大家士气低落,心想:这怎么作战呢?

于是有一天,将军集合了所有将士,带他们来到一座寺庙前面,告诉他们:

"诸位,我们今天就要出征了,究竟打胜仗还是打败仗?我们请求神明帮我们作决定。我这里有一枚铜钱,把它丢到地上,如果正面朝上,表示神明指示此战必定胜利;如果反面朝上,就表示这场战争将会失败。"

听了这番话,部将与士兵虔诚祈祷,磕头礼拜,求神明指示。

将军将那枚铜钱朝空中丢掷,结果,落地时铜钱正面朝上,大家一看非常振奋,认为神明指示这场战争必定胜利。

后来,部队开到前方,每个士兵士气高昂,个个都信心十足,奋勇作战,果真打了胜仗。

班师回朝后,有部将对将军说,真感谢神明指示我们打了胜仗。

那个将军据实以告:

"不必感谢神明,其实应该感谢这枚铜钱。"

于是,他把身上的那枚铜钱掏出来给部将看,原来铜钱的两面都是正面的。

信心和希望助你打开成功的大门,无论做什么事,都要充满信心。

只要有了斧头

　　大山下住着一位樵夫,他终日砍柴劳作着,终于建成了一间可以挡风遮雨的木房子。

　　有一天,他挑着木柴到城里去卖,可是当他从集市回来时,却发现好不容易建造起来的屋子竟然着火了。

　　左邻右舍们纷纷前来帮忙救火,但是因为风势过于强大,火烧得越来越猛,根本没有办法将其扑灭,所以一群人只能静待一旁,眼睁睁地看着炽烈的火焰吞噬了整栋木屋。

　　当大火终于熄灭了以后,这位樵夫拿起一根棍子,跑进倒塌的屋子里不停地翻找着东西。围观的众人都以为他正在寻找藏在屋子里面的珍贵宝物,所以也都好奇地在一旁关注着他的所有举动。

　　过了半晌,樵夫终于兴奋地叫了起来:"我

找到了!我找到了!"

大家纷纷上前探个究竟,结果却发现樵夫手里只不过捧着一把没有柄的斧头,根本不是什么值钱的宝物。

人们"嘘"的一声散开了。

可是樵夫却没有丝毫的不高兴,反而把新木把嵌入到斧头里,并充满自信地说:

"只要有了这把斧头,我就什么都不怕了。我可以再建造一个更坚固的家。"

困难并不可怕,只要有信心,就能战胜一切困难。

狮子找力量

有一天，素有森林之王之称的狮子，来到了天神面前："我很感谢您赐给我如此雄壮威武的体格，强大无比的力气，让我有足够的能力统治整座森林。"

天神听了，微笑地问："但是这不是你今天来找我的目的吧？看起来你似乎被什么事困扰着。"

狮子轻轻叹了一声，说：

"天神真是了解我啊！我今天来确实有事相求。尽管我强大无比，但是每天鸡鸣的时候，我总是会被鸡鸣声给吓醒。祈求您，再赐给我一些力量，让我不再被鸡鸣声给吓醒吧！"

天神笑道："你去找大象吧，它会给你一个相对满意的答复的。"

狮子兴冲冲地跑到湖边找大象，还没见到大象，就听到大象跺脚所发出的"砰砰"响声。

狮子加速跑向大象，却看到大象正气呼呼地直跺脚。

狮子问大象："你干吗发这么大的脾气？"

大象拼命摇晃着大耳朵，吼着："有只讨厌的小蚊子，总想钻进我的耳朵里，害得我都快痒死了。"

狮子离开了大象，心里暗自想着：原来体形这么巨大的象，还会怕那么瘦小的蚊子，那我还有什么好抱怨的呢？毕竟鸡鸣也不过一天一次，而蚊子却是无时无刻不骚扰着大象。这样想来，我可比它幸运多了。

保持积极乐观的心态能使你变得更加快乐，还能够帮助你走出困境。

一块木头

有一块木头，用来做一条板凳本来是挺合适的。有位木匠要买它去做凳子，木头却冒起火来："什么?用我去做一条凳子，成天躺在人家屁股底下，简直是胡闹!"

卖木头的见它执意不干，也就没有再勉强。

过了些日子，又有人要买它去修补门框，这块木头又大发了一顿脾气："你们睁开眼来看看，我是一块新料，修修补补这种小事值得用我吗?"

卖木头的有点儿不耐烦了，反问说:

"干这样，小用了你;干那样，又小用了你。你究竟想干什么?"

"我呀，我是一块新料，应当用在正经地方。比如做根横梁也行，一个大屋顶我完全有力量担当得起。委屈些说吧，也该用我去做一块金字招牌!"

"好吧，你就等着去做金字招牌吧!"卖木头的气极了，说着就把它往木堆里一扔。

一年、两年、十年、二十年……过去了，虽然有过不少人很需要用它去做一些可以做的日常用具,它都一概拒绝。现在,木行里一批批大大小小的木材,都兴奋地接受了木工的加工,成了各种有用的器具。可是,只有它孤零零地还躺在那个老地方。

由于日晒露浸,风吹雨打,这块木头渐渐地腐烂了,白蚁还在它身上钻了许许多多的窟窿。

机遇不会每时每刻都等着你,要抓住机遇,尽量发挥自己的价值。

驴的闹剧

有头驴费尽心机，终于爬上了屋顶，在人们的围观中，它得意地手舞足蹈，跳起舞来，结果把屋顶的瓦片全踩碎了。

主人从地里干活儿回来，发现了驴子在屋顶上的闹剧后，立刻爬上屋顶，把驴子赶了下来，并用一根粗棍子狠狠地打了它一顿。

"为什么打我?昨天我发现猴子也是这样跳的。你非常高兴，好像它给了你许多欢乐似的。"驴子委屈地说。

"蠢货，爬到屋顶上去跳舞，你以为你是猴子吗?别忘了，你是一头驴。"农夫对驴子又是一顿棒打。

无知的人并不一定是没有学问的人，而是不明了自己的人。

老鹰与寒鸦

在一座大山的悬崖峭壁上,住着一只力大无比的老鹰。

有一天,这只老鹰捉住了一只小羊羔,并用爪子抓住了小羊羔的背,飞回了悬崖上的家。

有只寒鸦见老鹰轻松地就抓回了一只羊,嫉妒得双眼发红,它发誓要在飞行和力气上超过老鹰,抓一只大的绵羊给老鹰瞧瞧,也好让老鹰见识见识它的本领。

寒鸦骄傲地拍着翅膀,飞向山脚下正在吃草的羊群,它在低空不停地盘旋,最后落在一只大绵羊的背上。寒鸦一心想

把大绵羊抓走,却不曾想到自己的爪子反倒被羊毛缠住了,寒鸦拼命地扑打翅膀,最终还是无济于事。

牧羊人发现了正在挣扎的寒鸦,他赶过来把寒鸦捉住了,并且立即剪短了寒鸦的双翅。傍晚时分还把寒鸦带回了家,给儿子玩耍。

儿子问道:

"父亲,这是只什么鸟啊,这么瘦小?"

牧羊人说:

"这是一只地道的寒鸦,但它却头脑发热,把自己当成了一只老鹰。"

无论做什么事都不要逞强好胜,学会找准自己的位置。

27

小兔和小鸭

　　动物园举办小动物技能培训班，小兔和小鸭踊跃地报上了名。

　　第一节课，熊老师教小动物们跑步。小兔非常高兴，它一口气从起点跑到终点，得了第一名；小鸭非常难过，因为它怎么也跑不快。小鸭非常羡慕小兔能跑得飞快，就让小兔教它赛跑。小兔辛苦地教，小鸭也学得非常努力，可是几天过去了，小鸭还是一扭一扭的，跑得慢极了。

　　几天后，熊老师开始上第二节课，这节课的内容是游泳，这下小鸭高兴了，它"扑通"跳到水里，快活地游着，好不自在。可是小兔难过了，它都不敢走到水里去。小兔非常羡慕小鸭游得那么好，就让小鸭教它游泳，可是小兔刚一下水，就差点儿被淹死。

　　从此，小兔敏捷地奔跑，小鸭快活地游泳，它们再不相互羡慕了。

好 瓜

有两个老爷爷各推着一车西瓜上街去卖。到了街口,白发老爷爷坐在车辕上,双手抱膝,静静地等待着顾客。黑发老爷爷则摆开摊子,大声地叫喊着:

"西瓜,西瓜,沙瓤瓜;蜜甜,水灵灵……"

白发老爷爷觉得黑发老爷爷这样自卖自夸,未免太能吹牛,眉头一皱,责怪地说:

"老弟,好瓜不在高喊,何必这样做!"

谁知,黑发老爷爷不但没住口,反而拿起刀来,"沙啦"一声切开一个瓜,叫喊得更加起劲儿了。顿时,摊前摊后围满了人,看瓜的看瓜,尝瓜的尝瓜,一下子就把整车的西瓜都卖光了。

白发老爷爷见此情景，感慨地问：

"老弟，有道是'王婆卖瓜，自卖自夸'，总是不大好的啊，而你却偏偏自己夸自己，难道你一点儿都不觉得难为情吗？"

"我为什么要难为情呢？我卖的全是好瓜，货真价实，夸一夸，让人们早知道，早买去，这又有什么不好呢？"黑发老爷爷很自信地回答。

没有马甲的乌龟

乌龟在沙滩上晒太阳时,遭到螃蟹们的嘲笑:"瞧瞧,那是一只什么怪物啊,身上背着厚厚的壳不说,壳上还有花纹,难看死了。"

乌龟听后,觉得很羞愧,只好把头缩进壳里。谁知螃蟹们见乌龟不反抗,又说:

"你以为把头缩进去,就能改变你穿破马甲的命运吗?"

乌龟等螃蟹们走后,找到一处礁石,它把背不停地在礁石上磨,想磨掉那件给它带来耻辱的破马甲。终于,乌龟把背磨平了,马甲不见了,但却弄得全身鲜血淋漓,疼痛不堪。

这天,东海龙王封乌龟家族为一等伯爵,于是乌龟家族全都上朝叩谢圣恩。可当龙王瞧见那只已没有马甲的龟,便大怒道:"你是何方妖怪,胆敢冒充乌龟家族成员来受封?"

"大王,我是乌龟呀!"

"放肆! 你还想骗朕,马甲是你们龟类的标志,如今你连标志都没有了,已失去了本色,你就不再是乌龟了。"

说完,龙王一挥手,虾兵蟹将们就将它赶出了龙宫。

爬上岸的螃蟹

一只生活在海里的螃蟹突然心血来潮想去陆地上看看，于是它离开海水，到了海岸上。但是，它怎么也适应不了陆地上干燥的气候，干渴得直吐白沫。好不容易找到了一处有水的地方，但是在那里它也觉得很难受，身子越来越虚弱，还不停地呕吐。它又着急想回到大海中，于是横着个身子到处爬，不久就迷失了方向，最后干脆趴在地上一动也不动。

一只饥饿的狐狸正愁没有吃的，看见它后，便跑过去一把摁住它，高兴地说道：

"真是上天眷顾我，在陆地上找不到吃的，竟然赏赐给我一只海鲜！"

螃蟹在将要被狐狸吞食之前，后悔地叫道：

"本来生活在大海里好好的，可是我偏偏鬼迷心窍地来到陆地上，现在，在海里的逃生技巧也派不上用场了，我根本就是自作自受！"

聪聪的收获

狐狸聪聪的肚子饿了。它正东张西望地寻找猎物，一只粗心大意的兔子居然来到离它不远的地方吃起草来。

聪聪大喜过望。它将肚皮紧贴着草地，蹑手蹑脚地爬过去，在一块大石头的后面停了下来。它望望兔子，又望望脚下，在心中计算着与兔子的距离。然后，慢慢弓起身子，憋足劲儿，就像一支离弦的利箭，"嗖"地向兔子扑去。然而，它还是扑空了。

兔子一溜烟跑没影儿了，聪聪却没有马上离去。它一次又一次地用脚步丈量着石头与刚才兔子吃草地方的距离，一次又一次地从石头背后向那个地方扑去，累得浑身大汗淋漓，也不肯休息。

乌鸦看了，觉得十分好笑，在一旁讥讽说：

"哇，我的朋友，你是在捕捉空气吗？你如果能把空气捉住，可真是个大发明哟！以后咱们没有东西吃的时候，就捉空气来填肚子。瞧瞧，这该有多妙啊！"

聪聪认真地说：

"乌鸦太太，话可不能这样说。兔子没有捉住，能够找到扑空的原因也是收获啊！我不能让这个收获也跑掉呀！"

失败是成功之母，学会寻找失败的原因，就离成功更近了。

高贵的猴子

有一只猴子被耍猴人捉住，十分害怕，谁知耍猴人给它穿上红袍，戴上纱帽，教它抬起前脚直立着走路，又教它坐在椅子上抽旱烟，模仿人的模样与动作。猴子学了几天，全学会了。

耍猴人就让它骑在羊背上，叫羊驮着它飞跑，猴子很得意；又让它坐在车上，叫狗拖着狂奔，猴子更加得意了，觉得自己比羊和狗都高贵。

有一天，耍猴人在大街上敲响锣鼓，招来很多看热闹的人。当猴子戴着纱帽、穿着红袍上场的时候，孩子们哄笑起来："官老爷来了！"猴子听见，万分得意，好像自己真是大官了，拿起鞭子在伙伴身上抽打着。它忘记了自己与羊、狗一样，同是耍猴人的奴隶呀！

模仿小狗的驴子

一名农夫养了一只小狗和一匹驴子。每天工作完毕，小狗就跑过来在农夫面前摇摇尾巴，农夫很高兴，就看小狗一眼，小狗立刻心领神会地跳到农夫的身上撒娇。

驴子看见小狗在主人面前这么得宠，非常不服气。它想：我每天在田里辛苦工作，回到家里还要到磨坊里帮忙磨麦子，可是主人却对我这样冷淡，还不时拿鞭子抽我。这只狗不过是靠它那些蹦蹦跳跳的样子来讨主人喜欢，这些我也会做。

当农夫从田里回来的时候，驴子就跟小狗一样，先到主人面前摇摇尾巴，农夫看了很奇怪，就瞪驴子一眼，驴子又很快地扑到主人的身上想要对他撒娇。结果，驴子因为在田里工作全身

都是泥巴，这一扑把农夫的衣服都弄脏了，农夫很生气，就拿起鞭子抽它。被打得很疼的驴子，便慌慌张张地跑走了。

蜘蛛和风湿病

阎王爷造出了风湿病和蜘蛛后,对它们说:

"孩子们,你们为自己骄傲吧,因为人类只要提起你们,就会感到毛骨悚然。现在你们是居窄小的破房,还是住金碧辉煌的宅院?你们可以分配一下。"

蜘蛛说它一点儿也不喜欢那小屋。而风湿病则喜欢小破房。于是它找了一间破房,安居在一个穷人的脚趾上。

蜘蛛则在富家大院的大厅檐下安顿了下来,并布下了它美丽的网。可没想到一个女仆发现了它,只要它一结网,女仆就把网扫掉,可怜的蜘蛛只好天天东躲西藏。而风湿病的境遇更差。因为它的主人不是带它去砍柴就是锄地,风湿病想起来头皮都发炸。

不得已,蜘蛛只好和风湿病换了住处。在破房里,蜘蛛再也不怕常让自己搬家的讨厌的扫帚了。而风湿病则住在大院里的一位财主身上,并折磨得他从此卧床不起。

它们都明智地找到了各自能够生存的环境。

螳螂和蚂蚁

螳螂是拳击高手，每次在擂台上都战胜了挑战者，卫冕了自己的金腰带。

在今天的这场比赛中，挑战螳螂的是一只大蚂蚁。比赛还未开始，《动物王国早报》就发表了评论说：大蚂蚁挑战螳螂是不自量力，肯定挡不过螳螂的三招就会败下阵来。

随着裁判的一声"开始"，螳螂和大蚂蚁便在擂台上你来我往，打得不可开交。

动物理早报

渐渐地，大蚂蚁在螳螂凌厉的攻势下，只有招架之功，没有还手之力了。谁都看得出，螳螂必胜无疑。

就在比赛时间快结束的时候，谁也不曾想到，螳螂突然脚下一滑，不由自主地往前扑了一下，大蚂蚁乘机一个左勾拳，一下就把螳螂打倒在地上。

"1、2、3……"裁判大声地对躺在地上的螳螂喊着，直到10秒钟过去了，螳螂还没有从地上爬起来。

裁判宣布：大蚂蚁挑战螳螂成功！金腰带属于大蚂蚁！

事后，几位资深的体育界元老对记者们透露：螳螂是故意输给了大蚂蚁的。

赢只能用来评判比赛，而内心宽容大度的人才是真正的胜利者。

挑水夫

一位挑水夫,有两个水桶,分别吊在扁担的两头。其中一个桶有裂缝,另一个则完好无缺。在挑水时,完好无缺的桶总是能将满满一桶水从溪边送到主人家中,但是有裂缝的桶在到达主人家时,却只剩下半桶水。

就这样,挑水夫每天挑一桶半的水到主人家。好桶对自己能够送满整桶水感到很自豪,破桶则因缺陷感到羞愧。

于是有一天,破桶终于忍不住对挑水夫说:

"我很惭愧,因为我的缺陷,使你做了全部的工作,却只收到一半的成果。"

但挑水夫却充满爱心地让它留意路旁盛开的花朵。

果真,路旁开着五颜六色的花朵,这让破桶高兴了一阵。但走到小路的尽头,它又难受了,因为一半的水又在路上漏掉了!破桶再次向挑水夫道歉,但挑水夫却温和地告诉它,美丽的花朵也有破桶的功劳。原来挑水夫总是善加利用破桶的缺陷,在路旁撒了花种,于是破桶就一路浇了花!这些美丽的花朵装饰了主人的餐桌,因此破桶的功劳很大呢!

龟宰相选择接班人

龟宰相因年迈体衰，决定告老还乡，颐养天年。东海龙王批准了它的辞职报告，却又交给了它一项特殊的任务，即从两个助手中提拔一个接替它的宰相职务。

龟宰相这下犹豫了，因为它的两个助手螃蟹和乌贼都很精明强干，并且都对东海龙王忠心耿耿。龟宰相的老朋友蚌知道此事后，说：

"这还不简单，你看谁进步，便选择谁。"

龟宰相觉得朋友的话很有道理，便决定照办。

经过细心观察，龟宰相发现，螃蟹每天上完朝后，就回到自己的办公室处理公务，它的办公室收拾得很干净。最突出的是墙上挂着一张表格，上面详细地标出东海龙王今年出访南海、北海等海域的时间、注意事项；而乌贼呢，上完朝后，总是先去龙宫附近逛逛，欣赏一番美景后，再回办公室。同时，它那八只手也不闲着，不是从哪里采到一颗小珍珠，便是从小虾们那里接受一点儿"孝敬"。而它的办公室则乱成一团糟，丝毫看不出工作过的迹象。

龟宰相把观察结果告诉了朋友蚌,蚌说:

"提拔螃蟹吧,因为螃蟹挂在办公室的那张图在向大家暗示:我正在勤恳工作,努力上进。而乌贼呢,不但办公室乱成一团,且品性不好,说明它的兴趣不在工作上,它也不在乎工作的变动和升迁。"

于是,螃蟹便成为了东海龙王的新宰相。而乌贼呢,却还是一个普通的参政大臣。

猴子的奋斗

有这样一只猴子——从降生到这个世界上，它就不甘平庸，发誓一定要做个顶天立地的人物。

开始时，它后腿着地站起来，想做个最高级的"人"，因为它听说，上帝就是那个样子。

但没多久，它发现成为一个"人"实在太难了，不如在动物界里奋斗更容易些，便重新确立目标，去做万兽中的强者——狮子。

然而，没多久，它又灰心了。它觉得自己天生一副滑稽相，学不来狮子的威武和尊贵。

可是，它又不甘心虚度此生，思来想去，便又决心发挥自己的脑力，学做大森林中的智囊——狐狸。

这次，猴子坚持了很长时间，大约有一个

一个人只有确定了自己的目标并不断地为之奋斗，才有可能成功。

夏季吧，但它最终又泄气了。因为即便想成为一只并不那么显眼的狐狸，也不是一件容易事……

就这样，猴子尽管奋斗了一生，但到头来，却还是一只猴子。

猴王驾船

猴群中有一只小猴曾经向鸭子学过驾船技术，非常娴熟。因此每次猴群过河，都由它来驾船。小猴子对自己能为大家做点儿事情感到非常高兴，也为自己高超的驾船技术而自豪。

有一天，猴王把它叫过来说：

"我想跟你学驾船，你说我能学会吗？"

"大王，您不但能学会，而且将来能超过我。"小猴子恭敬而高兴地说。

于是，猴王开始跟小猴子学驾船。如何扬帆，如何掌舵，如何撑篙，如何摇橹，小猴子把这些问题都讲得清清楚楚，聪明的猴王很快就都掌握了。

通过一段时间的练习，猴王完全能自己单独驾船了。

"来，咱们来一场比赛吧！"猴王和蔼地对小猴子说，因为它想考验一下自己是否真正掌握了这门技术。

"好吧，陛下。"小猴愉快地回答。

然而，比赛的结果却是猴王败北。猴王顿时恼羞成怒：

"你竟敢对我留一手,捆出去杀了!"

眼见猴王发怒,自己的小命即将不保,小猴急忙说:

"陛下,请恕罪! 等我说完您再下令也不迟。"

猴王于是摆摆手, 示意手下退下。它也想听听小猴子是如何为自己辩白的。

"您落后的时候一心想超过我,摇橹撑篙的动作都变形了;您在超过我时,怕我赶上您,掌舵的时候也没用心;和我并驾齐驱时,您在观察我,而忘记了对帆的控制,您的心根本没在驾船上,虽然您的技术一点儿也不比我差,力气也比我大,但您还是输掉了。"小猴子说完,静静地看着猴王。

猴王这才恍然大悟,于是赦免了小猴子。

技艺只是成功的因素之一, 而专心致志才是成功的关键。

好睡的鼹鼠

春天来了，鼹鼠从洞口探出头来。它看见大地上一片繁忙，白兔在跳跃，蝴蝶在飞舞……

"啊，太好了，要是我也能够……"鼹鼠说了一半，又叹气自己不能和它们相比。

白兔听见了，就鼓励鼹鼠每天和自己一起劳动、锻炼，这样身体就会健壮起来。

不仅白兔，就连蝴蝶、青蛙、云雀都鼓励它，鼹鼠决定从明天就加入它们的行列，开始新的生活。

到了第二天早晨，蝴蝶来叫鼹鼠。但鼹鼠却以昨晚睡得太晚为由，说自己明天再起来锻炼。

第三天清晨，青蛙来叫鼹鼠，鼹鼠又推托了，说明天再锻炼。可是第四天早晨，还是没有见到鼹鼠的影子。

以后，再没有谁去叫它了。鼹鼠就整天躺在阴暗的洞里。

不过，它也经常爬在洞口向外望望，照旧赞叹地说："要能过着那样的生活该有多美呀！"

地鼠种萝卜

地鼠因为好吃懒做，没有粮食过冬，差点被饿死。俗话说：吃一回苦，学一回乖。现在它懂得了要自己劳动才有饭吃。春天一到，地鼠就爬出洞来种地了。

地鼠把地翻了一遍，撒上了萝卜籽。过了好几天，地里冒出了一丝一丝的小芽；又过了好多天，长出了几片小叶子。

"这要等到什么时候才长出萝卜呢？"地鼠不耐烦了。

一天，地鼠走过白兔的田里，看到绿油油的一大片，便问道：

"兔哥哥，你种的是什么庄稼，长得这么好呀？"

"这是小白菜。你看，一棵有一斤重哩！"白兔回答说。

地鼠听完不觉后悔起来："真不该种萝卜，要是种白菜多合算呀！"于是，它急忙回到自己地里，把萝卜苗都锄了，重新种上了白菜。

过了好多天，地里冒出了一丝一丝的小芽；又过了好多天，长出了几片小叶子。白菜虽然长得比萝卜快些，但地鼠总是不满意。

一天,地鼠走过猴子的田里,看到一排又高又大的庄稼,便问道:

"猴子伯伯,这是什么呀?"

"这是玉米。你看,一棵上结了多少呀,今年的玉米该吃不完啦!"猴子兴奋地回答说。

地鼠听完又后悔起来了,于是,它又急忙忙回到自己地里,把白菜都锄了,重新种上了玉米。

可是,地鼠播下了玉米种子不久,冷风就从北方吹来了,寒霜从天空降下来,大地上的绿叶渐渐枯萎了。地鼠种的玉米,刚抽出几根嫩芽就冻僵在地里。

地鼠忙了一年,结果什么也没收到,它只得又躲进地洞,瘪着肚子挨饿了。

小泥人过河

有一天，上帝宣旨说，如果哪个泥人能够走过它指定的河流，它就会赐给这个泥人一颗永不消失的金子般的心。有一天，一个小泥人站了出来，说它想过河。

小泥人来到河边，把它的双脚踏进了水中，顿时，一种撕心裂肺的疼痛覆盖了它。河水咆哮着劝它赶紧回去，但小泥人却孤独而倔强地走着。有无数次，当它觉得自己将要死去的时候，总感觉有什么东西能够使它坚持到下一刻。

不知道过了多久，它突然发现，自己居然上岸了。当它低头打量自己时，却发现它已经什么都没有了——除了一颗金灿灿的心，而它的眼睛，正长在它的心上。

驴子与农夫

驴子每天都要为自己的主人——农夫干活，任务很是繁重，但是农夫分给它的饲料却很少，有时累了，根本就吃不饱。于是，驴子跑去请求宙斯，它说：

"请您让我离开农夫吧！我忍受不了这种超负荷的压力和这样苛刻的雇主。我想换一个新主人。"

于是，宙斯答应了它的请求，把它卖给了一个陶工。陶工安排驴子从野外搬运沉重的黏土，并把制造好的陶器运送到集市上。陶工一直都在制陶，于是驴子也跟着不停地搬运，它现在的生活比以前更劳累。

驴子忍受不了这样的生活，于是又请求宙斯再给它换一个主人："这次您一定要给我换一个既能受主人重视又很轻松的地方！"

于是，宙斯又把驴子卖给了一个皮匠。

它一到皮匠那里，看到里面的情形就后悔不已。主人倒是很器重它，那是因为驴子有一身好皮。

驴子痛苦地说：

"我真不幸！留在以前那些主人那里该多好啊！现在连我的皮都得交给这个人了。我早应该明白，到哪里工作都是要吃点苦的。"

无论做什么工作，都是要付出辛苦的。不想付出劳动就有所收获是不可能的。

绣花的鹤

一大清早,鹤就拿起针线,准备给自己的白裙子上绣一朵花。它刚绣了几针,孔雀探过来问它:

"鹤妹,你绣的是什么花呀?"

"我绣的是桃花,这样能显出我的娇媚。"鹤羞涩地笑了。

"桃花是易落的花,不吉祥;还是绣月月红吧,大方又吉利!"

鹤听了,觉得有理,便把绣好的部分拆了改绣月月红。

正绣得入神时,只听锦鸡在耳边说道:

"鹤姐,月月红花瓣太少而显得单调,还是绣朵雍容华贵的大牡丹吧,牡丹是富贵花呀!"

鹤便又把绣好的月月红拆了,重新开始绣起牡丹来。

绣了一半,画眉飞过来,在头上惊叫道:

"鹤嫂,你爱在水塘里栖歇,应该绣荷花!"

鹤听了,觉得也是,便把牡丹拆了改绣荷花……

每当鹤快绣好一朵花时,总有人提出不同的建议。鹤自己没有主见,于是绣了拆,拆了绣,直到现在,白裙子上还是没有绣上任何花朵。

啄木鸟医生

鸟儿国突然发生了一场瘟疫。

啄木鸟医生在行医过程中，也不幸身染顽疾。它连续高烧不退，结果眼睛被烧坏了，视力模糊，黄昏时便无法认清回家的路，经常在森林里迷失方向。紧接着，全身羽毛也脱落了很多，使它飞翔起来都很困难。因此，很多鸟类都开始嘲笑它，说它整天背着药箱，却治不好自己的病。

然而，啄木鸟医生却不甘沉沦，面对厄运，它没有放弃希望，没有后退，而是用实际行动向厄运说"不"。

在病魔的阴影下，啄木鸟医生单枪匹马地

研究如何治疗这场瘟疫的最佳处方。它把研究出的各种试剂都注射到自己身上，想观察哪一种试剂的效果最好。又拖着病体，艰难地飞到山下，向当地的动物医生们请教。

啄木鸟医生的抗争终于有了结果，它成功地研制出一种试剂，可以有效地控制这种瘟疫的蔓延，并建立了一整套防疫方案。

鉴于它为鸟类健康事业作出的巨大贡献，鸟类为它竖起了一座丰碑，上书"健康卫士"四个大字。

蜗牛搬家

蜗牛住在水池边的石缝里，周围没有花没有草，每天饱受风吹日晒之苦。只有阴天下雨时，蜗牛才从壳子里探出身来，舒展一下蜷曲的身子。

一天，蜻蜓、蚂蚁来看蜗牛。它们都劝蜗牛搬到前边的小土岗上，那儿有丛林、鲜花野果，还有一条清清的小河。

蜗牛听了蜻蜓和蚂蚁的话，就决定搬到小土岗去住。

过了两天，蜜蜂来帮助蜗牛搬家。可蜗牛看看头顶上的太阳，犹犹豫豫地说：

"今天太热了，我行动又慢，太阳会把我晒坏的！"

过了两天，蝴蝶来帮助蜗牛搬家。蜗牛望望满天的风沙，就以风沙太大，自己的细皮嫩肉受不了为由而拒绝了。

又过了两天，青蛙来帮助蜗牛搬家。可是蜗牛望望连绵细雨，又以天潮地滑，自己爬不上小土岗的斜坡为由而拒绝了。

蜗牛的家始终没有搬成，它总是朝着小土岗那边张望张望，低声叹息着：

"只怪我身体不济，要不我早在那边愉快地生活了。"

百灵鸟和小鸟

早春时节，一只百灵鸟飞到麦田做巢。小百灵鸟们的羽毛慢慢地丰满了，力气也渐渐地长足了。

麦子熟了，麦田主人感慨地说要让邻居们帮忙收麦子。

一只小百灵鸟听到这话后，便赶忙告诉它的妈妈，并问："妈妈，妈妈，我们现在该搬到什么地方去住才好呢?"

百灵鸟说：

"孩子，他并不是真的要收获，只是想请他的邻居来帮他的忙。"

几天过后，那主人又来了，看到麦子熟透了，而且有的已经掉了下来，他急切地说：

"邻居根本就不能给我多少帮助，如果再不行动，我的麦子就要掉没了。明天，我自己带上家里的帮工和可能雇到的人来收获。"

百灵鸟听到这些话后，便向小鸟们说：

"现在我们该搬家了，因为主人这一次真的急了。他不再依赖邻居，而要亲自动手干了。"

一朵小花

一个静寂的夜里，一朵鲜花悄无声息地绽放，它娇艳无比，芳香四溢，在月光的辉映下格外美丽。然而，它的主人却一直沉浸在梦中，什么也没感觉到。

一个喧闹的午后，主人的朋友们会聚一堂，高谈阔论，气氛异常热烈。恰在这时，在那枝刚刚开放过鲜花的花树旁的另一棵花树上，一朵美丽的鲜花开放了。顿时，大家的目光都被那朵鲜花所吸引，夸赞起来。为此，主人非常得意。

于是，这棵在人前开放的花树，便被当作重点对象保护起来。主人为它施最好的肥，浇最适量的水，做最精心的护理，这棵花树也因此而开放得更加频繁，更加美丽。而那夜悄悄开放过的花树，由于主人再也没有照顾它，没多久便死去了。它死得那样悄无声息，不留痕迹。

两只青蛙

这夏天一丝风也没有,天气干燥得人嗓子都冒烟,大河的流水在减少,小溪的水更少了,小池塘就别提了,全被太阳烤干了。

池塘里有两只青蛙,它们渴得"哇哇"乱叫。一只青蛙对另一只青蛙说:

"朋友,人类这时候还有个屋子可以躲避烈日,就是小虫子也能钻到地底下乘凉。就数我们最可怜,池塘干了,就无处可去了!"

另一只青蛙说:

"可别这样想,我们现在就离开这里吧,找个更适合我们的地方待着。"

说着,两只青蛙离开了池塘,它们一路蹦跳,来到一口水井旁。一只青蛙没有细想,低头就要往下跳,另一只青蛙赶紧拉住同伴说:

"千万别下去,这可不是闹着玩的。如果这口井的水也干了,那你怎么上来呢?"

　　它的朋友听了提醒，仔细一想，也是啊，我怎么只想着躲开眼前的痛苦而忘记考虑后面可能有的更大的灾难呢，还是不要冒这个险了吧。以后遇事也要多想想才行。

做事情不要只顾眼前，要有长远的打算。

青蛙欢欢

青蛙欢欢是动物王国的游泳高手，曾连续三届蝉联游泳冠军。这次青蛙欢欢想再创造一个动物世界的奇迹，即横渡汪洋海(动物王国里的最大的海洋)。

这天，青蛙欢欢纵身一跃，跳进了大海。在它的身后，是海龟和水蛇医生等组成的救护小组。

青蛙欢欢在海水里游了三天三夜，又累又冷又渴又饿。由于眼前大雾茫茫，最后它失去了游到彼岸的信心，便让小艇上的朋友们把它拖了上去。朋友们不得不十分惋惜地把青蛙欢欢拖上小艇。

半年后，青蛙欢欢再次向汪洋海发起了冲击。这次，它坚持着奋力向浓雾中的海岸游去，终于赢得了胜利。

倒下去又立刻站起来

一位父亲为他儿子的怯懦而感到苦恼，都已经十六七岁了，却一点儿男子汉的气概都没有。毫无办法之际，他去拜访一位拳师，请求这位武术大师帮助训练他的儿子，重塑其男子汉的勇气。

拳师说："把你的儿子留在我这里半年，这半年里你不要见他。半年后，我一定把你的孩子训练成一个真正的男子汉！"

半年后，男孩的父亲来接男孩，拳师安排了一场拳击比赛来向这位父亲展示这半年来的训练成果，被安排与男孩对打的是一名拳击教练。教练一出手，这男孩便应声倒地。但是，男孩才刚刚倒地便立即站起来接受挑战。倒下去又站了起来……如此来来回回总共有二十多次。

拳师问这个父亲："你觉得你儿子的表现够不够男子汉气概？"

"我简直无地自容了。想不到我送他来这里训练半年多，他还是这么不经打，被人一打就倒。"父亲伤心地回答。

拳师意味深长地说："我很遗憾，你只看到了表面的胜负，却没看到你儿子倒下去又立刻站起来的勇气和毅力。那才是真正的男子汉气概呢！"

牧人与野山羊

牧人把羊群赶到牧场去放牧，看见有几只野山羊混杂在羊群里。傍晚，他将所有的羊都赶进了羊圈。

第二天，暴风雨大作，牧羊人不能到牧场放牧，只好在羊圈里饲养它们。他丢给自己的羊一点点饲料，保证它们不至于被饿死，而为了把外来的那几只野山羊留下，他却给了它们很多的食物。

雨停后，牧人把所有的羊都赶向牧场，来到山下时，那些野山羊全都逃跑了。牧羊人生气地指责它们忘恩负义。

野山羊回过头来说：

"正因为你对我们特殊照顾，我们才要更加小心谨慎。你因为我们是新来的，而冷淡了你以前一直饲养的。如果今后再有其他的野山羊来，你一定又会冷落我们而偏爱它们。在你这里生活，我们的明天太没有保障了。"

小蝌蚪的故事

小蝌蚪要甩掉尾巴，进化成为青蛙。这个消息传出后，朋友们都赶来劝阻它。

鱼儿说：

"傻瓜，失去尾巴，你在水里就再也游不动了。"

啄木鸟说：

"没有了尾巴，你就无法支撑自己的身躯去工作。"

蝎子说：

"甩掉尾巴就等于抛弃武器，敌人来了只能束手就擒！"

山鸡说：

"身后边缺少了尾巴，也就缺少了美，缺少了风度！"

总而言之，朋友们都以自己切身的体会苦口婆心地告诫小蝌蚪，屁股上的尾巴万万丢不得，希望它立刻回心转意。

但小蝌蚪力排众议，自信地说：

"不，你们讲的都是真理，但都是你们的真理，对于我并不适用。假如我一辈子拖着一条尾巴生活，将永远不会成为一只成熟的青蛙。所以，我必须走自己选择的路！"

打 井

一个人打井,已经挖了很深很深,可还是看不到水源。他顿了顿镢头,急躁地否定:这里不会有水!还是另换个地方从头来吧。

于是,他又在另一处挖了起来。然而,挖了几天,还是老样子。这回,他彻底泄气了:

"唉,白费劲儿!这块地皮下根本就没水!"

他的朋友闻讯赶来,看了看地上地下的情况,二话没说,抢起镢头就干了起来。没一袋烟的工夫,两眼井都出了水,朋友成功啦!

"咦,这是怎么回事?"

朋友擦擦汗,笑着回答他:

"少抢一镢头,井水都不会自己冒出来。你的失败就在于没有再坚持一下,缺少必定成功的信念!"

坚持不懈才能获得成功，半途而废只会前功尽弃。

迷路的骆驼

五头骆驼在沙漠里吃力地行走，它们和主人率领的十头骆驼走散了，前面除了黄沙还是黄沙，一片茫茫，它们只能凭着最有经验的一头老骆驼的感觉往前走。

不一会儿，从它们的右侧方向走出一头筋疲力尽的骆驼。原来，它是一周前就走散的另一个伙伴。四头年轻的骆驼轻蔑地说：

"看样子它也不是很精明啊，还不如我们呢！"

"是啊，是啊，别理它！免得拖累咱们！"

"咱们就装着没看见，它对我们可没有什么帮助！"

"看那灰头土脸的样子……"

四头年轻的骆驼,你一言我一语,都想避开这只骆驼。老骆驼终于开腔了:

"它对我们会很有帮助的!"

老骆驼热情地招呼那头落魄的骆驼过来,对它说道:

"虽然你也迷路了,境遇比我们好不到哪里去,但是我相信你知道往哪个方向走是错误的就够了,和我们一起上路吧!有你的帮助我们会成功的!"

善于从失败中总结经验,就等于掌握了通向成功的最佳方法。

大石头

　　山坡上有一块非常光亮整洁的石头，石头周围绿草茵茵，鲜花盛开，生机勃勃。石头下方的不远处是一条碎石子路。石头居高临下，能看到路人和牲畜。

　　一天，石头看见山坡下的人们正在用鹅卵石铺路。石头觉得自己也应该和这些鹅卵石兄弟姐妹们一起去铺路。

　　想到这儿，石头自己开始滚动起来，刚好滚到路中间。

　　没几天，这条路修好了。于是，各种铁皮大轱辘车、穿铁钉鞋的农民、成群的牲畜都从石头的背上踩踏，弄得石头伤痕累累，又脏又丑。石头痛苦极了，后悔来到路上，后悔失去了以往宁静的天堂般的生活，但这个世界上可没有卖后悔药的地方。

一生的哲学

有一位知名的哲学家天生有一种特殊的文人气质。有一天,一个女子来敲他的门,她说:

"让我做你的妻子吧,请不要错过我啊!"

哲学家虽然也很中意她,但仍回答说:

"让我考虑考虑!"

事后,哲学家用他一贯研究学问的精神,将结婚和不结婚的好坏之处一一列举出来进行比较,可是发现好坏均等,这让他不知该如何抉择。

于是,他陷入长期的苦恼之中,迟迟无法做出决定。经过多年的考虑,最后,他决定答应那个女人的请求。

于是,哲学家来到女人的家中,对女人的父亲说:

"您的女儿呢?请您告诉她我考虑清楚了,我决定娶她为妻。"

女人的父亲冷漠地回答：

"你来晚了十年，我女儿现在已是三个孩子的妈妈了。"

哲学家听了，整个人近乎崩溃，他万万没有想到向来自以为傲的哲学头脑，最后换来的竟然是一场悔恨。而后两年，哲学家抑郁成疾，临死前将自己所有的著作丢入火堆，只留下一段对人生的批注——如果将人生一分为二，前半段的人生哲学是"不犹豫"，后半段的人生哲学是"不后悔"。

爱唱歌的公鸡

公鸡先生很喜欢唱歌，它一天到晚高昂着头，"喔喔喔"地唱个不停，并不时拍拍翅膀，在鸡群中走来走去，希望听到它们的称赞。

当公鸡先生一伸脖子，准备再展歌喉的时候，一只叫亚亚的小母鸡走过来，冷冷地对它说：

"公鸡先生，你不觉得你的叫声很难听吗?根本就不像在唱歌，简直比哭还难听!"

"什么! 你说什么! 你竟敢如此羞辱我，你也不找个镜子照照自己，你连歌都不会唱，就更谈不上有欣赏水平了，你这个每天只会'咯咯'叫的小混蛋，有什么资格教训我?"

骂完后，公鸡先生一拍翅膀，一抖脖子，准备冲过去，教训教训小母鸡亚亚。

"请息怒，公鸡先生。"这时，一只老母鸡走了过来，挺身而出，拦住了公鸡先生。

"你没有听见它刚才羞辱我吗?"公鸡先生见老母鸡挡住了自己,只好收起了翅膀,并质问这多事的老母鸡。

"公鸡先生,你的歌声真的很好听,我们都是你忠实的听众,亚亚也不例外,只是它妈妈昨天晚上被该死的黄鼠狼抓走了,所以它的情绪很不好,我想你能体谅它的心情吧。"

"哦,原来是这样呀,亚亚你怎么不早点儿告诉我呢?真对不起,我打扰你了,请原谅。"公鸡先生说完,朝小母鸡亚亚深深地鞠了一躬。

猴先生

有一年,动物王国闹饥荒,国际动物红十字会就从外地调来一袋玉米,让猴先生负责给大家分发。

一大早,猴先生就背着玉米挨家挨户地向动物们分发起来。当猴先生来到一个叫古古的猩猩家时,发现这只老猩猩因饿得发慌,不小心从树上掉下来摔断了左腿,正躺在床上呻吟。

猴先生赶忙捧出一些玉米,古古见了非常感激它,但又说自己很渴,让猴先生帮忙找点水来喝。猴先生答应了,就把装玉米的口袋放在猩猩家的凳子上,然后去提水了。可是当猴先生提着水回到猩猩家时,却发现那袋玉米不见了。

猴先生十分着急,就叫醒了睡觉的古古,询问玉米的下落。可是古古一再否认自己拿过什么玉米。

猴先生再三劝说,古古终于认了错,拿出了藏起来的那袋玉米。

农场的混战

有一只鸭子在谷仓边不小心踩到一只公鸡的脚，公鸡恼怒地说：

"我要报仇!"

说完便扑向这只鸭子，可是就在同时，它的翅膀打到了旁边的一只母鹅。

母鹅也很生气，认为公鸡是故意打它的，于是对公鸡说：

"我要报仇!"

说完就扑向公鸡。扑过去的时候，它的脚不小心拨乱了猫的毛。

"我要报仇!"

猫"喵喵"地叫着，然后奔向母鹅。可是就在它奔过去的时候，它的脚碰到了一只山羊。

"我要报仇!"

山羊"咩咩"地叫着，便向猫撞过去。但就在这时，有一只牧羊犬从那儿走过，被山羊撞倒了。

"我要报仇!"

牧羊犬大吠一声,便横冲直撞地追向山羊。它跑得飞快,因为闪避不及和门边的一头母牛撞了个满怀。

"我要报仇!"

母牛也怒吼起来,开始追牧羊犬。但这只牧羊犬在一匹马屁股后头跑,这头母牛在慌乱之中,不小心踢了马一脚。

"我要报仇!"

马也叫起来,冲向母牛。

由此,农场引发了一场混战!农夫听到骚乱声,马上生气地把这些动物统统关到各自的笼子里。它们自由自在的好时光就这样结束了,这都是因为它们太在意一件无关紧要的小事而造成的。

狐狸和火鸡

为了对狐狸的进攻进行有效的防御，火鸡把自己栖息的树当成了一座城堡。这阴险的狐狸已经绕树转了好几圈，瞧见每只火鸡都在放哨警戒，不敢懈怠。

它狠狠地喊着：

"怎么啦，这些躲在树上的家伙居然敢跟我作对，它们以为这样就能免于一死，不，决不！我对天发誓，我决不会轻饶它们的！"

狐狸的誓言还真的实现了。

这天晚上月色皎洁，好像专门与狐狸作对，这对火鸡当然是再好不过的了。当然，狐狸在进攻敌手方面也毫不含糊，它诡计多端，一肚子坏水，忽而佯攻向上爬，忽而又踮起身子向上移，接着装死躺下，一会儿又爬起来……狐狸竖起了肥大的尾巴，使它油亮闪烁，

耍尽了骗人的把戏。

在这段时间里，没有一只火鸡敢放松警惕打一个盹，敌情使它们两眼圆睁，紧张地注视着树下的风吹草动。时间一长，这些可怜的火鸡都头晕目眩，不断地从树上栽下来。狐狸把掉下来的火鸡逮住，全都拴在了一起，并把它们全宰掉放进了自己的食品橱。要知道，越是到了危急关头，神经越是不能太紧张，否则，乱了自己的方寸，就会像火鸡一样，来个倒栽葱。

面对狡猾的敌人，要提高警惕、保持清醒，坚持到底，这样才能取得最后的胜利。

暴躁的野猪

在一片山林中,一头雄壮的野猪击败了所有的对手成为这片山林的统治者。

它性格暴躁,行为残忍,山林中的小动物都惨遭踩蹋,过着暗无天日的生活。动物都心怀怨恨,想着怎样才能除去这一祸害。

狐狸、山羊、猴子等多次计议,也没有什么好办法,便去请教长期生活在野猪所住山洞旁边的小松鼠。小松鼠虽然一直过着战战兢兢的日子,但它对野猪的性情知之甚深。

"野猪性格特别急躁,要逼它生气、发怒,再想办法治它!"小松鼠说。大伙一听觉得有戏。

猴子说：

"我在树上激怒它，把它引到悬崖边。狐狸你看好，时机成熟时叫山羊把它顶下悬崖。"

大伙都表示赞同。

于是，猴子到野猪洞前故意喧哗，把野猪搞得极不耐烦，野猪便跑出来驱赶猴子。

"我就要叫，看你咋办，该死的野猪！"

听到猴子的叫骂，野猪极其恼火，反复跳跃，想咬死猴子。猴子边逃边骂，野猪越来越怒，它吼声如雷，眼中冒火，一步步被引到悬崖边。

无数次的跳跃与跌落已把它搞得筋疲力尽，愤怒让它丧失了理智。狐狸见机会来了，向山羊发出暗示。山羊从高处冲下，把野猪撞下了山崖。

孔雀的烦恼

孔雀向王后朱诺抱怨。它说：

"王后陛下，我不是无理取闹来申诉说情。您赐给我的歌喉，没有任何人喜欢听，可您看那黄莺小精灵，唱出的歌声婉转而甜蜜，它独占春光，出尽风头。"

朱诺听它如此言语，严厉地批评道：

"你赶紧住嘴！妒嫉的鸟儿，你看你脖子四周，是一条如七彩丝绸染织的美丽彩虹，当你舒展着华丽羽毛出现在人们面前时，大家就好像见到了色彩斑斓的珠宝。

"以你如此的美丽，你还好意思去嫉妒黄莺的歌声？和你相比，这世界上没有任何一种鸟能像你这样受到别人的喜爱。

一种动物不可能具备世界上所有动物的优点。

"我分别赐给大家不同的天赋，有的

天生长得高大威猛；有的如鹰一样勇敢，隼一样敏捷；乌鸦则可以预告征兆。大家彼此相融，各司其职。

"我奉劝你尽快打消你的抱怨，不然的话，作为惩罚，你将失去你美丽的羽毛。"

胆怯的小刺猬

"你为什么整天都趴在窝里不出来呢?"快乐的小松鼠站在刺猬的洞口呼唤它矜持的邻居。

"因为我害怕看到别人!"里面传来小刺猬细微的声音。

"那有什么好怕的,它们都很友好,而且都希望和你成为朋友!"松鼠劝慰说。

"我知道,可我长得很难看,浑身长满了刺……你们会不喜欢我的!"刺猬不好意思地说。

"那不正好吗,你的刺可以保护我们啊!再说啦,朋友之间还是需要有点距离的,这是你的优点啊!"小松鼠兴奋地叫道。

"可我没有你那么能说会道,我能和别人聊点什么呢?"刺猬探出头,羞得满面通红。

克服自卑心理,试着去和身边的人相处,接纳别人,也让别人接纳你。

"你的口才也很

好啊,看你为自己找起借口来多能说!"松鼠开玩笑地说。

小刺猬还在犹豫。"随便说什么都行,我们俱乐部的朋友都是随便聊的,在那里你还可以享受蜂蜜,"松鼠兴高采烈地说,"说不定大家还会推选你去保卫部任职呢!"

于是,小刺猬终于走出了自己的窝。

跳河的兔子

兔子的胆小是出了名的，经常受到的惊吓总是像石头一样压在它们的心上。

有一次，众多兔子聚集在一起，为自己的胆小无能而难过，悲叹自己的生活中充满了危险和恐惧。

它们越谈越伤心，就好像已经有许多不幸发生在自己身上一样。它们怨叹自己天生不幸，既没有力气和翅膀，也没有利齿，日子只能在东怕西怕中度过，就连想要安心大睡一觉的可能都没有。它们觉得自己的这种生活毫无意义，与其一生心惊胆战，还不如一死了之好。

于是，它们一致决定结束生命，结束一切烦恼。当它们一齐奔向湖边，想要投湖自尽时，一些青蛙正围着湖边蹲着。它们听到脚步声，如临大敌，立刻跳到深水里逃命去了。

这是兔子每次到池塘边都会看到的情景，但是今天，有一只兔子突然明白了什么，它大声地说：

"我们还是回去吧！大家都看到了，青蛙比我们更弱小，可是它们却还是勇敢地活着，我们何必这么想不开呢？"

脱离大鹏的羽毛

有一根非常绚丽耀眼的羽毛,生长在大鹏鸟的翅膀上。它每时每刻都闪闪发亮,耀眼夺目,令其他羽毛羡慕不已。它自己也很得意,摆出一副不可一世的样子。

有一天,亮丽的羽毛意气风发地对其他羽毛说:

"大鹏鸟飞翔时看起来如此壮观伟岸,还不都是因为有我参与。"其他羽毛听罢都低声附和。

又过了几天,那根漂亮的羽毛更加自以为是地说:

"如果没有我的话,大鹏鸟哪里能够一飞冲天啊!"

漂亮的羽毛整天陷在自傲自负的泥淖里,无法自拔。

终于,它孤傲且目中无人地对大家宣布:

"我觉得大鹏鸟已经成为我人生沉重的负担,要不是大鹏鸟硕大无比的躯体重重地压着我,我一定可以自由自在地飞翔,而且会飞得更远更高。"

说完,它拼命地脱离大鹏鸟,最后终于从大鹏鸟的翅膀上掉落下来。可它在空中没飘多久,就无声无息地落在泥泞的土地上,从此再也无法高飞了。

刚出道的野猪

有一头野猪，从一出生就被关在一个山洞里喂养。它的妈妈十分宠爱它，平常舍不得放它出去锻炼，直到野猪长大了，牙齿长得又长又尖，它妈妈才放它出山洞，让它去自谋生路。因而这头野猪直到出山洞时，还不知道别的动物是什么长相，又都有些什么本事。

这只刚出道的野猪，刚开始碰到的恰好都是些力气比它小的动物，理所当然的这些小动物也都成了野猪的"阶下囚"。野猪为此洋洋得意，它错误地认为这世上所有的动物都不如它。

隔了几天，这只野猪碰见了一只狼，它扑上去就把狼咬死了。这一下，野猪更加得意、更加自信，行为也就更加放肆。随后它看见鹿，又扑上去乱咬一气，鹿挣扎了几下，就倒在野猪的"钢牙"下。野猪的自信心上升到了极点，它决定要凭着自己的本领"雄霸天下"。

一天，这只野猪正在森林里"散步"，一头大象走了过来，野猪自言自语地说：

"这家伙个头真大,但看样子并不灵活,我要在它面前显示一下我的力量,征服它,让它以后听从我的指挥。"野猪带着必胜的信心,毫不犹豫地朝大象冲了过去。

大象毫不惊慌,它伸出长长的鼻子把野猪卷了起来,高高举起,然后狠狠地摔到地上,几脚就把这只狂妄自大的野猪踩死了。

巴比松的故事

蟋蟀巴比松从小就喜欢弹琴，并梦想成为一名钢琴师，它一直持续不断地跟着名家学习，已经有了很深的造诣。凡是听过它弹琴的，都说它的水平达到了超一流的境界。

可是在它练琴过程中，曾两次登台演出，都失败了。此后每次登台，它都很紧张，生怕再出错，可是越紧张越失误，形成了舞台恐惧症。

一天夜里，它的好友蛐蛐请巴比松到树枝上弹琴，月光如水，四周一片静谧，巴比松平静地奏起优美的《月光曲》，琴声犹如天籁之音，动人心弦，一曲终结，四周欢声雷动。

蛐蛐燃亮灯烛，巴比松才发现早已到场的那么多小昆虫，这俨然是一场盛大的音乐会。

巴比松成功了，从此它克服了胆怯，成为昆虫王国的优秀钢琴家。

吃亏是福

　　村子里有9条蛇，它们聚在一起夸耀着自己的优点。青蛇说："我最年轻，充满活力。"

　　白蛇说："我最强壮，天下无敌。"

　　……

　　8条蛇都说出了自己的长处，只有一条又老又丑的黄蛇没有说话。大家就一起嘲笑它，但黄蛇仍然不发一言。

　　有一次，老鹰联合这9条蛇一同捕鼠，捕到了10只田鼠。老鹰就问它们该如何分配这些田鼠。

　　青蛇冒冒失失地说了对半分的要求，但老鹰认为这是妄想，就恶狠狠地把青蛇啄死了。其余7条蛇见状，纷纷上前同老鹰争辩，也被老鹰啄死了。

　　老鹰最后问一直没吭气的黄蛇，黄蛇说道：

　　"9条蛇加1只鼠是10个，一只鹰加9只鼠也是10个，这样对半分正合适。"

　　老鹰满意地笑了。黄蛇保住了命，还得到一只田鼠。它看着8条蛇的尸体，叹息道："我最大的优点就是能吃亏啊。"

胖猪与瘦猪

猪圈里，一群猪吃饱喝足后，正在聊天、晒太阳。

忽然，来了三四个人，手里拿着绳子、棍子和刀子——他们要选一头肥猪去宰。

一头整日好吃懒做的白色大肥猪，成了这群人的目标。

他们一拥而上，三下五除二，就把这头肥猪捆了起来。

"救命啊！兄弟们，救命啊！"肥猪绝望地哀嚎着。

"哈哈哈！"猪圈里其余的猪看着肥猪的倒霉相，无不得意地笑了起来。

"哼!谁要你吃得那么肥呢?难道你在吃的时候,就没有想到会被人优先看中吗?活该!你这个倒霉的家伙!"一头瘦猪说。

过了三天,这群人又来到了猪圈。

"哈哈!今天又轮到哪个肥家伙倒霉了!"还是那头瘦猪得意地说。

可是,今天这群人怪了,他们朝这头正在得意的瘦猪走过来。

"上次的猪太肥了,卖不出好价钱。今天,将这个净是瘦肉的家伙宰了!"为首的那人说。

不管这头瘦猪如何哀求,如何辩白自己卖不出好价钱,人们还是把它捆起来,抬走,杀了。

嘲笑别人的不幸是一种可耻的行为,要学会同情,并在可能的情况下去帮助别人。

长臂猿与红毛猩猩

树林里住着两个长臂猿兄弟，它们整天在树枝间荡来荡去。嬉戏玩乐的日子固然欢乐愉快，但对于每天只能找到一点点食物果腹一事，它们一直耿耿于怀。

有一次，长臂猿兄弟闲逛到山脚下的动物园，只见其中一个笼子里关着一只红毛猩猩。在红毛猩猩面前，摆了许许多多的水果和食物，令它们垂涎欲滴。

长臂猿弟弟就对哥哥说：

"老哥！我真羡慕那只红毛猩猩的待遇，它每天不用做任何事，就有这么多美味可口的东西可以大快朵颐。不像我们必须十分操劳，才能得到稀少的食物。"

长臂猿哥哥搂着弟弟无奈地点头说：

"你说得对极了。"

这个时候，笼子里的红毛猩猩无精打采地抬起了头，以十分羡慕的眼光望着长臂猿兄弟，心里想着：唉！我真是羡慕那两只长臂猿兄弟，每天可以在树林里自由地荡来荡去，多么地逍遥自在啊！

倔强的驴

驴夫赶着驴子上路,驴夫一再叮嘱驴子选好走的路走,可是倔强的驴子偏要和主人对着干,刚走一会儿,就离开了平坦的大道,沿着陡峭的山路走去。

眼看前面就是悬崖峭壁,驴夫赶紧把驴子往回拽。

"你到底想要干什么?不要再和我较劲儿了, 再走下去你

就没有命啦!"驴夫大声冲驴子叫道。

可是驴子仍然一意孤行,继续朝前走去。眼看着驴子就要失足滑下悬崖了,驴夫一把抓住它的尾巴,想要把它拉上来。可是固执的驴子却挣扎着想要摆脱驴夫的双手,一直朝着相反的方向拼命走去。

"我不会屈服于你的,我不要你管!"驴子"嗷嗷"地叫着。

驴夫实在拽不住了,没有办法只好放开驴子,说道:

"既然你这么坚持自己的方向,你尽管走下去好了,不过下面可不是什么好地方。好了,让你得胜吧!不过那将是个悲惨的胜利。"

横行的螃蟹

螃蟹将军每次率军打仗，都冲锋在前，等到撤退的时候，却始终在后面。回到营地时，大家都称赞它勇敢。螃蟹却说：

"不是我勇敢，冲锋时我在前面，是因为我是横行的，速度比大家慢，我就比大家先出发了一步。撤退时，其实我比谁都想保命，但因为我是横行的，速度比大家慢，所以才落在后面。"

螃蟹虽然不承认自己勇敢，并把自己的行为归结为是自己横行太慢的结果，但大家却更加赞扬它、钦佩它。最后，还把它的勇敢和谦虚载入了动物史册。

狮子与老鼠

狮子正在自己的洞穴里睡大觉，一只小老鼠不留神掉进洞中，谁知正好落在狮子的鼻子上，吵醒了它。狮子勃然大怒，抓住这只小老鼠，就要一口吞了它。老鼠苦苦哀求，说它真的是不小心，否则怎敢冒犯狮子大王呢?小老鼠许诺只要狮子放了它，它总有一天会报答狮子的。狮子不屑一顾地大笑，老鼠便从狮子的爪缝间溜走了。

不久后的一天，狮子正在树林里觅食，突然落入了猎人的捕网，身体和脚爪全被绳索套牢，毫无逃脱的希望。狮子绝望的嚎叫声传遍了整个森林，老鼠连忙赶来帮它。老鼠先咬断绳索的扣结，然后毫不费力地把狮子放出捕网。这时，狮子才相信老鼠虽小也是能报恩的。

马和驴

一匹马配着金光闪闪的马鞍,很骄傲地在路上走着。后来它走进一条狭窄的巷弄里,刚好有一只驴子迎面而来。驴子的背上驮了很多货物,看起来十分劳累疲倦。马看到这头长得很卑贱的驴子,就很不客气地说:

"你还不快点儿让开,也不看看你自己是什么出身,竟敢挡住我的去路!"

驴子知道马很不讲理,就一言不发地让马先过去。

后来,那匹马被主人骑出去打猎,一不小心把腿摔断了。主人认为没有办法医治,就取下它背上漂亮的马鞍,把它带到田里去工作,要它运送肥料。后来这匹马变得很狼狈,每天都在田里干活儿。

有一天,驴子又在路上遇到这匹马。它看见马一副可怜样就对马说:

"当初你那么趾高气扬,对我那么不礼貌,可是今天你却落得和我一样的下场,而且脚还跛了。你从前那些美丽的马鞍、装饰品都到哪里去了呢?"

征友启事

小牛犊怪孤单的，一心想找个朋友。

它贴出了一张"征友启事"。上面写道：

"我想找个朋友：希望能陪我一起吃草、一起玩耍、一起晒太阳、一起学耕田。谁能做到以上几点，欢迎联系……"

"征友启事"刚刚贴出，大伙儿就争着去看。可是，山羊、猎狗、花猫和马驹一个个兴奋地走来，又一个个摇着头离开了……

结果，小牛犊一个朋友也没找到。

"唉，世界这么大，怎么连一个朋友也找不到？"牛犊向老牛诉苦。

老牛听完牛犊的怨言，笑着教它一个办法。

第二天，小牛犊又贴出一张"征友启事"：

"我想找个朋友：希望能陪我一起吃草，或者一起玩耍，或者一起晒太阳，又或者一起学耕田。谁只要能做到以上一点，就欢迎前来联系……"

新的"征友启事"刚一贴出，牛栏前就热闹起来。大家把小牛犊团团围住：

山羊说："让我同你一起吃草！"

猎狗说："让我跟你一起玩耍！"

花猫说："让我陪你来晒太阳！"

马驹说："让我伴你学习耕田！"

……

只一会儿，小牛犊就有了许多朋友。

从此，小牛犊懂得了一个道理："对朋友'求全'，就会失去所有的朋友；对朋友'求同'，才会找到许多朋友！"

每个人都有自己的性格、爱好、习惯，并且因人而异，只有求同存异，才能交到朋友。

月亮为什么害羞

普天下的人们都说太阳好,说太阳在万物中功劳第一。月亮听了,很不服气。

一天傍晚,月亮看见一群逛公园的人,就问他们感觉太阳好不好。游人们说白天太阳晒得人真难受,一点儿也不好。

又一天傍晚,月亮看见一群参加晚会的姑娘,就问她们感觉太阳好不好。姑娘们说太阳光把人晒黑了,汗水也把新衣裳浸透了,太阳一点儿也不好。

又有一天,月亮碰见一群旅行回来的小学生正在抱怨太阳,说在阳光下走路真苦,走得又渴又累!

看着人们在月光下乘凉、散步、玩耍,生活得轻松愉快,月亮更不服气太阳了,就决定和太阳分个高低。

这天太阳还没落山,月亮就升起来了。它远远看见人们望着一片庄稼赞叹,感谢太阳普照天下,万物才得以生长,人类才能生存。月亮听了,羞愧难当,就赶快躲到那厚厚的云层里去了。一直到现在,每当月亮想起这件事还不好意思,所以它常常掩着半边脸悄悄地从天空中溜过。

好人和坏人

有位老人静静地坐在一个小镇郊外的马路边。一位陌生人向老人问道："老先生，请问这个城镇里的人属于哪类人？我正在寻找新的居住地。"

老人抬头看了一眼陌生人，说：

"那么，你原来居住的地方的人是哪种类型的？"

陌生人说他们都是一些毫无礼貌、自私自利的人。住在那里毫无快乐可言，这正是他想搬离的原因。

听了这话后，老人说这个镇上的人和他们完全一样。陌生人只好怏怏不快地开车离开了。

过了一段时间，另外一位陌生人来到这个镇上，向老人提出了同样的问题。老人也用同样的问题来反问他。

陌生人回答："我们原来镇上的人非常友好、善良。住在那里非常愉快。但是，我因为职业的原因不得不离开那里，希望能找到一个和以前一样好的小镇。"

老人说："你很幸运，年轻人，居住在这里的人都是跟你们那里完全一样的人，你将会喜欢他们，他们也会喜欢你。"

猴子和狼

猴子和狼合伙捕猎,丰收之后,坐在一起讨论怎么分配。猴子大胆地说应该平分,但狼却不同意。

由于惧怕狼锋利的牙齿,猴子只好悻悻地接下了狼吃完后剩下的几根骨头。最后,猴子去找狮子帮自己讨回公道。

狮子听了猴子的申诉后说道:

"你带我去,然后把我藏起来。"

猴子带着狮子,把狮子藏在平时与狼分配猎物的地方。

狮子说:

"好了,现在你们一起去打猎吧!"

猴子约了狼一起去打猎。随后,它们仍将猎物带到老地方进行分配。狼已觉察到狮子的存在,显得局促不安。

猴子对它说:

107

"你怎么啦?快分吧!"

狼推却道:

"不,不,今天该由你来分配一次了。"

猴子问:

"为什么?这可是从来也没有过的事情啊!"

狼答道:"迄今为止,世道一直很坏。然而现在,世道变好了。"

猴子可不理它,坚持说:

"今天你还得像过去那样再分一次!"

狼只好动手分配了,它说道:

"这边的一份是给猴子的,另一份也是给猴子的,那边的一份还是给猴子的。"

"什么时候起是按这个方式分配了?"猴子问道。

而狼只是一再说:

"从今天起,这世道变好了。"

对负欺软怕硬的人,最好的办法就是让他和强大的对手较量,他自然会不战而退。

没有用尽全力

一个人独自修理家里的院落，需要用许多大的石头砌起一堵墙。

一开始工作进展得很顺利，石头一块块堆砌好了，最后只要将一块大石头垒上墙头就算大功告成了。然而，这块石头显然是太大了，搬起来十分费力。但他还是下定决心，想将它搬上去。他用手推、肩扛、膝盖顶，想尽了办法，但还是一次次失败了。

他依然不服输，依然使出全身的力气去搬石头，糟糕的事情发生了，石头滚落下来，重重地砸在脚上，血流满地。

看到这情景，一位邻居走过来，笑着说：

"你还没有用尽自己所能。"

"我没有用尽全力？"他疑惑不解，自己费了九牛二虎之力，怎么能说没

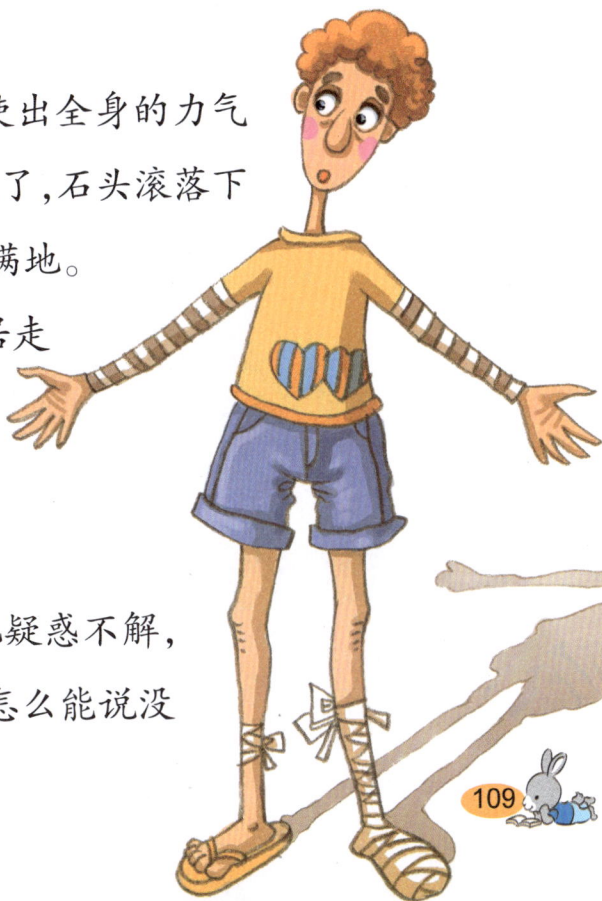

有竭尽全力呢?

邻居说:

"是的,你没有用尽你所有的力量,你只是一味地考虑自己个人的力量。其实你只要积极地去思考,就会发现还有许多可以解决问题的方法。比如,寻求别人的帮助,同样是你能够做得到的……"

在邻居的招呼下,另外几位邻居都走过来,他们一起抬起那块大石头,轻轻松松地将它放在合适的位置上了。

李四和他的三个朋友

张三和李四一同去赴一个宴会。

当他们走过一条河流时，一只螃蟹爬过来说：

"让我跟你们一同去参加宴会吧！如果你们遇到什么麻烦，我还可以帮助你们。".

"去去去!看你那样子,横七竖八的,丢人死了,离我们远点吧。即使我们真的遇上了麻烦,你也帮不上什么忙。"张三不耐烦地说。

"你的模样是世界上独一无二的,我很乐意带着你,跟我走吧,朋友。"李四说。

螃蟹高兴地跟在李四后面。

当他们翻过一座山时，一只跛腿的狐狸跑过来说：

"请带上我吧，我想去看看人类的宴会是什么样的。我虽然跛腿，但说不定我也会帮上你们什么忙的。"

"离我们远点，瞧你那模样，又跛又臊，熏死我了，快走开！"张三掩着鼻子对狐狸怒喝道。

"啊！我很高兴带着你，跟我走吧，朋友。"李四说。

跛腿狐狸感激地跟在李四后面。

当他们经过一个稻谷场时，一根稻草绳跑过来说：

"让我也跟你们一同前行吧！"

"去去去，看你那模样！你一定是世界上最难看的东西了，还是滚吧，不然，我烧了你。"张三厌恶地对稻草绳说.

"好吧！我很乐意带你去参加朋友们的宴会。"李四说。

稻草绳感激万分，它紧紧地跟在李四的后面。

当张三和李四来到朋友家，只见门口站着一只熊，并准备袭击他们。熊张开大嘴，扑向张三，一口咬断了他的脖子。待它扑向李四时，跛腿狐狸连忙放臭屁熏得它头晕脑涨，稻草绳趁机紧紧地捆住了它，螃蟹上前夹断了它的喉咙和舌头。

就这样，三个朋友齐心协力地救了李四的性命。

西瓜和冬瓜

盛夏时节,瓜园里的西瓜满地都是,又圆又大,人们争相大批选购。

这时,有一个大西瓜盯着邻地的一个小冬瓜说:

"瞧你多没出息!我们是同时种下的,可你到现在还这么瘦小。依我看,你就不必这样强打精神坚持下去了。你就不想想,你能像我这样甜美吗?你的前途又在哪里?"

小冬瓜十分坦然地告诉它:

"的确,我现在个子很小,我也永远不会甜美起来,但这不是因为我的品质不好,能量不够,而是由于你我品种不同。你知道吗,到了秋天,我能够长成四五十斤的大瓜,我会成为人们餐桌上最常见、最受欢迎的一道佳肴呢!"

西瓜这才知道,生活给了人们各种成才的道路。

两个奖杯

场上正在激烈地进行击剑比赛，这是一场不同寻常的比赛。世界冠军竟然拿出他的全部看家本领来和一个毫无名气的后起之秀展开"生死"搏斗，而这一切又是他自己精心安排的。

其实，世界冠军完全可以不参加这场比赛，因为那个年轻人根本没资格和他进行比赛。但他觉得那个年轻人很有实力和潜力，而且是因为经济窘迫才不得不埋没在陪别的选手练习中。于是他决意自己出资举办一场公开赛，给那个年轻人一个机会展示自己。

比赛结束了，后起之秀战胜了世界冠军，观众们对他们报以热烈的掌声。对于后起之秀来说，他战胜了世界冠军，意义非凡。而对于世界冠军来说，他并没有失败，因为真正的强者总是把更强者高高举过头顶的。

因此，世界击剑协会主席为后起之秀颁发了珠穆朗玛峰杯，向原来的世界冠军颁发了青藏高原杯。两个奖杯在人们心目中，具有一样的重量，一样的高度，一样的辉煌。

熊猫的感情账户

在动物王国里，熊猫是最受大家尊重的。就连爱挑剔的老狐狸也对它极为佩服，因为很难挑出它的什么毛病。

有一天，刺猬找到熊猫，向它请教道：

"熊猫大哥，你为什么那么受人尊重，有什么秘密吗?"

"秘密?没有。"熊猫坦然地答道。

"不过，我开设了一个感情账户，不停地往里面存了礼貌、尊重、信用……"熊猫真诚地说。

"这样的感情账户有什么用吗?"刺猬好奇地问。

"当然有用。你也看到了，我开设了这个账户后，就已经开始受益了。"

是呀! 熊猫正是以这样美好的品德赢得了大家的尊重。

狮子和野狼

一头狮子和一只野狼同时发现了一只小鹿，于是它们商量好共同去追捕那只小鹿，然后再分配共同的猎物。

它们配合得比较默契，合作也很顺利。野狼冲上去把小鹿扑倒的那个瞬间，狮子便瞄准小鹿的脖子，上前狠狠的一口，小鹿很快就停止了挣扎，一命呜呼了。

分享猎物的时候到了，但是，这时的狮子却起了贪念，想独自占有这只小鹿。野狼见狮子反悔了，害怕自己辛苦得来的猎物就此泡汤了，所以对狮子表示强烈的反对。

"小鹿是我扑倒的，照理说我应该分一大半，你现在竟然想独吞，说什么也不行！"

"如果不是我，猎物可能都逃走了，小鹿理所当然是我的……"

争论一番后,事情不但没有解决,狮子反倒对狼起了杀心。

"如果把野狼杀死,那我不就得到两份猎物了吗?"

狮子不由分说便将野狼扑倒在地,野狼也不甘示弱,奋力搏击,拼命抵抗。狮子毕竟是百兽之王,经过了一番争斗,终于把狼咬死了。

但是,狮子并没有从这次胜利中得到什么好处,因为它也受了很重的伤,根本没有心情再去享受美味了。

瓦罐和铁罐

一天，闲在仓库里没事干的铁罐对离自己有点儿远的瓦罐说：

"反正也没有事，不如我们结伴去旅行吧！"

瓦罐不知道铁罐为什么会忽然对自己发出这个邀请。瓦罐想了想，可能是因为我的形状和它的相同吧，但是我们还是有很大的区别，它是用来装燃烧着的木炭的，而我是用来装水的。

想来想去，瓦罐觉得应该委婉地拒绝，因为它知道，老老实实地待在家里是最安全的。对它自己来讲，哪怕有一点磕碰或者出现什么意外都有可能成为一堆碎片。

"你这么坚固，没有什么能让你受损，但是我就不行了，你的好意我心领了。"瓦罐说出了自己心里的想法。

"但是，我可以保护你！"铁罐说。

瓦罐还是没答应它。

"如果有什么硬东西碰到你，我一定会毫无畏惧地替你挡着，这样你就可以安然无恙了！"铁罐表现得很豪气。

在铁罐信誓旦旦的保证和劝说下，瓦罐终于答应了铁罐的邀请。

于是，瓦罐和铁罐结伴上路了，但是这趟旅行却让瓦罐难受极了，因为瓦罐不仅要躲避其他的东西，还要担心铁罐离自己太近。

"请你离我远一点，别靠近我，因为只要你轻轻地碰我一下，我就会粉身碎骨的。"瓦罐说，"这样太难受了，我们还是终止这次旅行吧！我们不可能在一起待很长时间的。"

行动之前，要仔细思考，不要盲目地去冒险。

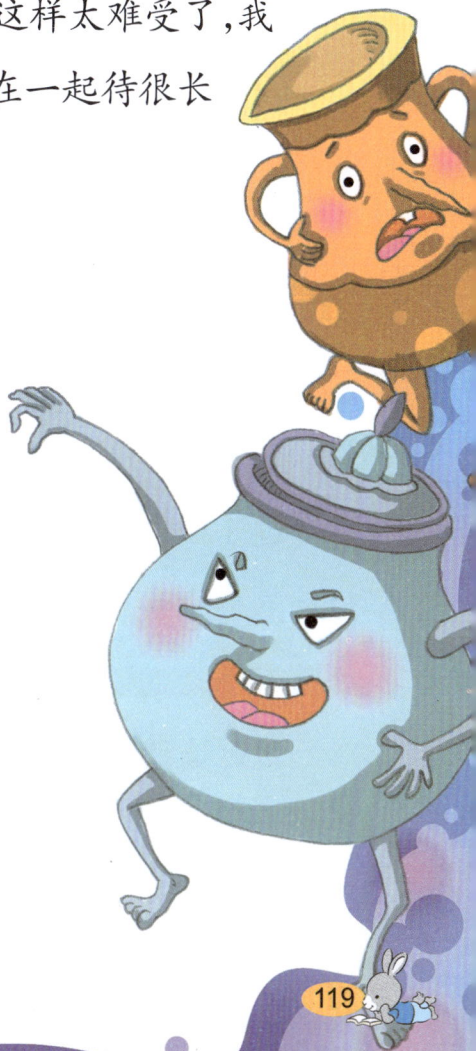

胡桃的真面目

一只乌鸦叼了个胡桃,飞上了一座高大钟楼的楼顶,用它的爪子抓住胡桃,开始用自己的喙去啄它。可是突然间,那胡桃滚了下来,落在一道墙壁的裂缝里。

胡桃知道它已不必再担忧乌鸦的利喙了,就向墙壁哀求道:"人们把你造得这样高大结实,还给你装上声音如此美妙的大钟,可怜可怜我吧!我求你,别抛弃我。当我被那凶恶的乌鸦抓住时,我曾起誓,如果上帝让我逃出命来,我就在一个小洞里结束我的生命。"

大钟警告钟楼要小心提防,因为胡桃可能是危险有害的。但是墙壁却大发慈悲,让它留在落下的地方。

过了不久,胡桃核裂开来了,开始生长了,树枝从钟楼顶上直伸出去,而那些又粗又弯的树根,开始在墙上打洞,把所有年老的石头推出去。

这时墙壁才知道胡桃的谦恭是怎么回事,它真后悔不听聪明的大钟的话,可是已经太迟了。胡桃树继续长呀长呀,而那道墙壁,那可怜的不幸的墙,最后终于崩溃和倒塌了。

狼、狮子和狐狸

年迈的狮王犯了风湿病,躺在病床上一动也不能动,它指派大臣必须找到药来治它的衰老症。

大臣只好在百兽中聘请大夫,形形色色的医生汇集宫中,敬献祖传秘方的也络绎不绝,但在许多次的朝见中单单找不到狐狸。狼为了献媚,在狮王临睡前对狐狸的缺席肆意诽谤。狮王听信谗言后勃然大怒,马上下旨把狐狸抓来。

狐狸被押到狮王的寝榻前,它心里清楚这是狼在使坏,让它遭受这不白之冤,狐狸说道:"陛下,我这几天不是故意不来朝拜,实际上我是去圣地朝拜,祈求上天保佑陛下圣体康复。在朝拜的长途跋涉中我曾遇到一些博学多才的君子,我向他们提及陛下龙体欠佳,精力减退。他们告诉我说,其实您所缺乏的仅是一些热量。因此,只要穿上一件狼皮大衣,您的病情马上就会见好。"

狮王信以为真,马上下令生剥了狼皮。结果,狮王不仅披上了冒着热气的狼皮大衣,还用狼肉做了一顿美味的晚餐。

敢闯的小青蛙

一只小青蛙厌倦了常年生活的小水沟，而且水沟的水越来越少，没有什么食物了。它每天都不停地蹦，想要逃离这个地方。而它的同伴整日懒洋洋地蹲在浑浊的水洼里，说："现在不是还饿不死吗?你着什么急?"终于有一天，小青蛙纵身一跃，跳进了旁边的一个大河塘，里面有很多好吃的，可以自由游弋。

小青蛙"呱呱"地呼唤自己的伙伴："你快过来吧，这边简直是天堂!"但是，它的同伴说："我在这里已经习惯了，我从小就生活在这里，懒得动了!"

不久，水沟里的水干了，小青蛙的同伴则活活饿死了。

找不到泉水的老牛

老牛听说附近有个甘水泉,于是,它便向正西方向去找,却没找到。它浑身大汗,又饥又渴又累。

"牛大哥,歇会儿吧。"小松鼠说。

老牛却没理它,又继续向前走。

当小松鼠得知它要找甘水泉时,就告诉它应该去东边找。可老牛不听劝。于是,山羊也过来劝它,但老牛仍沿着原路走。

"去吧,你这样固执,不接受别人的意见,到死也找不到甘水泉的。"小山羊和小松鼠大声说。

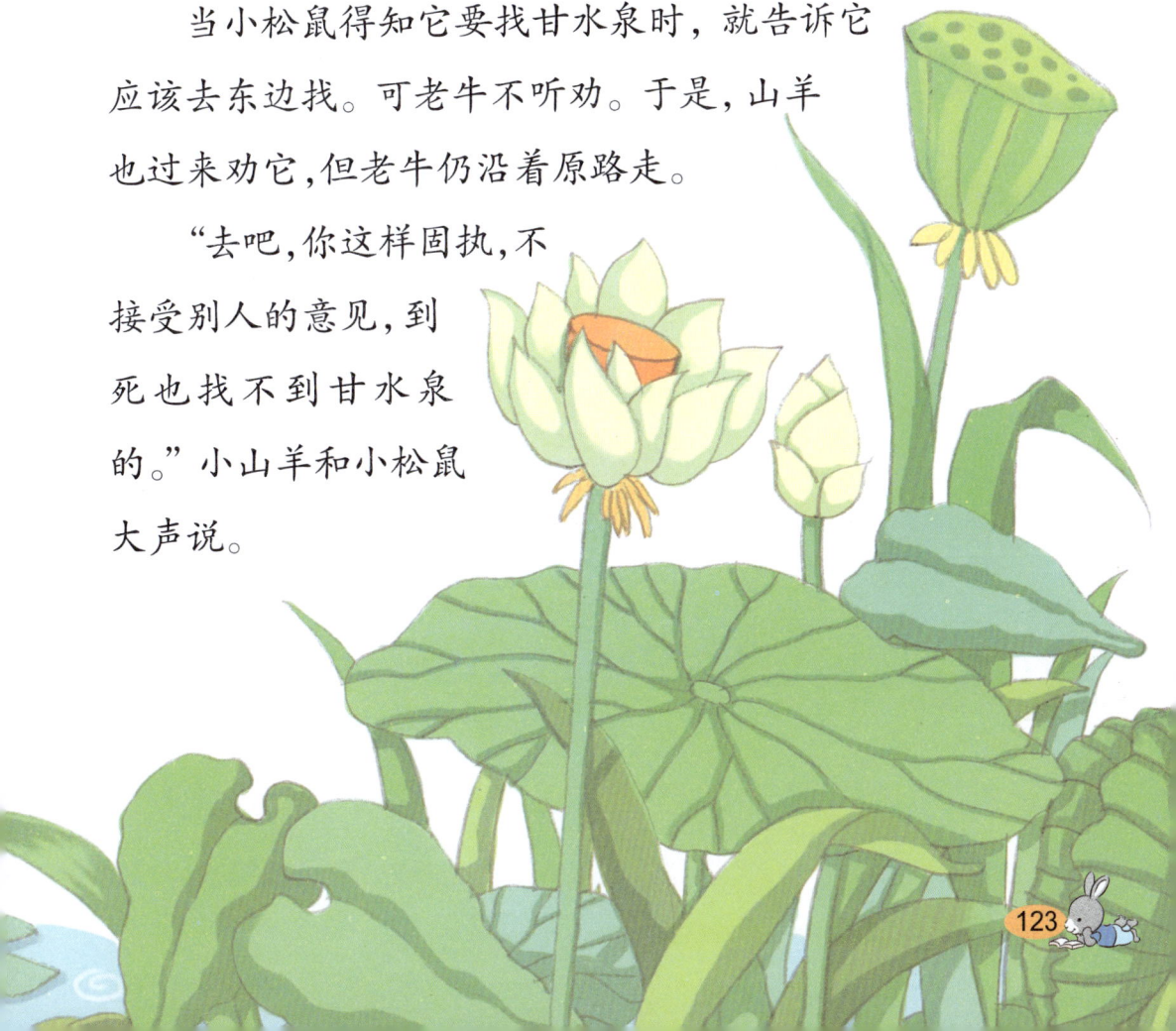

樵夫和母熊

樵夫救了一只小熊，母熊对他感激不尽。母熊安排了丰盛的晚餐款待樵夫。为了寻找美味的食材，母熊爬上树，把胳膊都摔坏了。饭后，樵夫对母熊说："你款待得很好，但你身上的味太臭了。"母熊心里难过极了，认为樵夫伤害了自己的自尊心。

一年后，樵夫又遇到母熊，问它身上的伤好了没有。母熊说："身体上的伤愈合后很快就会忘记。不过，心灵上的伤口是很难愈合的。那次您说的话，我这辈子也忘不了。"

狼和老婆婆

寒冷的冬夜里，一匹狼疲倦地在路上走着，已经好几天没有进食了。牧羊人总是紧紧地跟在羊群旁，使狼一点儿下手的机会都没有。迫不得已，狼只好到村庄里走一走，看能不能捉到几只鸡或鸭充充饥。

忽然，传来一阵小孩子的啼哭声，狼循着声音过去看看发生什么事。原来是小孩子哭着要吃糖果，他的外婆不给，所以小孩儿才放声大哭。

这个老婆婆看见外孙哭个不停，觉得很烦，就骗小孩儿说："不要哭了！你如果再哭我就把你送给野狼吃掉！"

狼站在窗外听见老婆婆说的话，以为老婆婆真的会把小孩儿送给它吃，就在外面等呀等，只等得它快支持不住了。

这时候，狼又听到老婆婆在哄她的小外孙。老婆婆很坚定地对小外孙说：

"乖乖！不要怕。如果狼敢跑来这里吃小孩儿的话，我一定马上把它杀死。"

狼听了，很失望，也很奇怪老婆婆为什么说话不算数。

猴子的错话

猴子记者预备晚上和朋友聚餐，但临时却接到报社通知。原来，领导派它去参加老虎的记者招待会，猴子记者只好取消了和朋友的约会。

但是当它刚准备动身时，却又接到了通知：由于老虎的孩子被猎人杀死，记者会临时取消了。

这个猴子很高兴，因为它和朋友的聚餐又可以如期举行了。

它非常高兴地告诉朋友们：

"好消息，那个老虎的孩子死了，记者招待会取消了，我们可以一起吃饭了。"

但是，话一说完它就发觉自己说错话了，别人的孩子死了怎么会是好消息呢?快乐是不应该建筑在别人的痛苦之上的。

扯开嗓子的乌鸦

　　林中百鸟在排练大合唱,大合唱声调昂扬、气势雄壮!穿黑衣裳的八哥担任指挥, 高嗓门儿的百灵鸟担任领唱。鹦鹉、画眉、布谷……全都来参加这个大型合唱!

　　八哥把指挥棒一挥, 合唱队便开始了嘹亮的歌唱。百灵鸟领唱的歌声清脆婉转,高声部的伴唱声似金铃般悠扬,低声部浑厚深沉如轰鸣的海浪。

　　突然间,低声部出现一个不和谐音,这声音是这般刺耳、这般不祥!原来是乌鸦不按规定的音符发声,而且是扯开嗓子拼命地高声叫嚷……

　　八哥做了个"停"的姿势,合唱戛然而止。

　　八哥问乌鸦为什么不按照规定的音符歌唱,乌鸦并不认为自己有什么错误,甚至扬起脖子理直气壮地说:

"我的歌声本来也相当高亢嘹亮,为什么让我在低声部压制我的所长?如果我按照规定的音符歌唱,谁还能听得到我歌唱的声音?那岂不就埋没了我出色的才华,我这位歌唱家还怎能美名远扬?"

八哥说:

"合唱队本是个完美的整体,谁高声谁低声均已安排妥当!如果为了突出自己便可为所欲为,那还成什么体统,有什么规章?"

乌鸦还是扬着脖子表示不服,并要求到高声部中去唱。

乌鸦蛮横的态度引起了大家的愤怒,齐声地批评它无理取闹。

不讲理的乌鸦一赌气退出了合唱队,一边向远处飞去一边还在不满地嘟囔……

合唱队中因为没有了乌鸦那刺耳的噪音,而变得和谐动听,美妙悠扬!

许愿的教徒

从前，有两位很虔诚、很要好的教徒，决定一起到遥远的圣山朝圣。

途中，他们遇见一位年长的圣者，这圣者看到他们如此虔诚，就十分感动地告诉他们：

"从这里距离圣山还有十天的脚程，但是很遗憾，我在这十字路口就要和你们分手了。在分手前，我要送给你们一个礼物！什么礼物呢?就是你们当中一个人先许愿，他的愿望一定会马上实现;而第二个人，就可以得到那愿望的两倍!"

此时，这两个教徒心里都打起了各自的小算盘，因为他们谁也不想让对方得到更多的礼物。

于是，两位教徒就假装谦让着让对方先讲。两人推让到最后，其中一人就翻脸了，大声地恐吓自己的朋友。

另一个人一听，觉得对方太无情无义，就把心一横，说："好,我先许愿！我希望我的一只眼睛瞎掉!"

很快地，这位教徒的一只眼睛瞎掉了，而与他同行的好朋友，两只眼睛也立刻瞎掉了!

球　赛

　　动物王国正在进行一场足球比赛，双方球员为一决雌雄而拼搏着。

　　看台上，熊猫对长颈鹿说：

　　"甲队的前锋猩猩真棒！竟然在一场比赛中踢进了两个球，真了不起！"

　　长颈鹿回答道：

　　"是啊，太伟大了，简直就是一个奇迹！我看今年的足球先生非它莫属。"

　　"我看未必，"一只老山羊摸摸胡子说，"虽然它的球踢得很棒，但它不懂得与队友配合，故意绊倒对方的球员，还对裁判不恭。"

老水牛的后代

老水牛一生都扛着沉重的木棍轭具，在田野里辛辛苦苦地耕作，最后累倒在犁头边。

临死，它叮嘱两个儿子要勤劳，任劳任怨地干活。

老水牛死后，两头小水牛果然从早到晚埋头拉犁。可是不久，一匹马闯入了它们的生活。马带来了新的耕作工具，它胸部套着皮带和绳子，干起活来两肩着力，十分带劲儿。

小水牛心动了，就决定拜马为师，因为它觉得父亲留下的那副家当太沉了，干起活来简直太累了。

大水牛瞪着眼睛训斥道：

"你好糊涂呵！吃苦耐劳是祖辈的遗风，如果把这一条也丢掉了，那咱们牛还有什么可取呢？"

但小水牛不听，还是按照自己的主意做了。从此，小水牛换上了马套式轭具，耕起地来用得上劲儿，也轻松了很多。

大水牛呢，仍旧扛着沉重的木棍轭具，像过去那样耕耙苦作，时而摇摇两只大角，发出一声沉闷的叫声。

猫头鹰搬家

猫头鹰急促而忙碌地在树林里飞着，它的举动引起了一旁的斑鸠的好奇心。斑鸠问道：

"老兄，你飞来飞去的，究竟在忙什么呢？"

猫头鹰气喘吁吁地回答："我在忙着搬家。"斑鸠疑惑不解地再问："这树林不是你的老家吗？你干吗还要再搬家呢？"

此时，猫头鹰叹着气说："在这个树林里，我实在住不下去了，这里的人都讨厌我的叫声。"

斑鸠带着同情的口气说：

"你唱歌的声音实在聒噪，令人不敢恭维，尤其在晚上更是扰人清梦，所以大家都把你当做讨厌的动物。"

斑鸠停顿了一下接着说，"其实，你只要把声音改变一下，或者在晚上闭上嘴巴不唱歌,在这林子里,你还是可以住下来的。如果你不改变自己的叫声或者夜晚唱歌的习惯,即使搬到另外一个地方,那里的人还是照样会讨厌你的。"

改变别人很难,但改变自己其实很容易,尝试着改变自己,会拥有更多的朋友。

毛毛虫

毛毛虫从小就被训练要学会跟随前边的毛毛虫，毛毛虫的家族里流传着一句名言："永远跟随成功者、有经验者。"一代一代过去了，它们跟随的习性已经深入骨髓，至于跟随的原因早已忘却。

大水把毛毛虫家族冲到一个从未到过的地方，家庭头领带着大家转来转去，找不到合适的地方。它一直转呀转，其他毛毛虫也跟着转呀转，一只小毛毛虫说："旁边草丛不是很适合我们吗？"别的毛毛虫白了白眼，谁也不说话，又转了几圈。小毛毛虫忍不住了，于是它独自走了，剩下的毛毛虫继续跟着转，直到力竭而死。

大树与芦苇

河堤上有一排大树,河边生长着一些孱弱的芦苇。大树常常对小芦苇说:

"我真担心你们,要是刮起大风,你们恐怕就会被风刮跑了!"

小芦苇摇摆着身子说:

"呵呵! 虽然我生来弱小,但也不至于一无是处吧!"

一天,真的刮起了狂风。大树挺起胸膛拼命抵抗,并鼓励芦苇们一定要坚持。

风停了,堤坝上粗壮的大树都被连根拔起,而弱小的芦苇却毫发无损。

倒在一边气息奄奄的大树奇怪地问道:

"为什么我们这么强壮却被风刮断了,而纤细、软弱的你却什么事都没有呢?"

芦苇回答说:

"面对强劲的大风,我们觉得没有足够的力量抗拒,于是就低下头,躲避风头,这样才免受其害。你们虽然很强大,就想和这种狂风争个高下,结果自然被狂风刮倒了。"

第三只狐狸

狮子经理吩咐三只狐狸去做同一件事：去森林调查一下兔子的数量、分布和习性。

第一只狐狸5分钟后就回来了，它并没有亲自去调查，而是向狼打听了一下情况就回来汇报。30分钟后，第二只狐狸回来汇报，它亲自到森林里了解了兔子的数量、分布和习性。第三只狐狸90分钟后才回来汇报，原来它不但去森林里了解了兔子的数量、分布和习性，而且根据狮子经理的一贯需求，根据地形绘制成一幅地图，并制订出了捉兔子的最佳方案。

第二天，狮子经理就奖赏了第三只狐狸。

家鹅与天鹅

有一个富裕人家的庭院里驯养了许多的飞禽，天鹅和家鹅都在水中游弋。天鹅供客人观赏，家鹅则饱主人口福。它们在水池里尽情地享受着戏水的乐趣。

这一天，厨师多喝了两杯酒，竟错把天鹅当家鹅，准备杀死它来做汤。

天鹅面临死亡，异常镇定，唱着自己最擅长的美妙歌曲，摇曳着自己优美的脖子，惊得厨师酒也醒了。厨师发现自己的错误后，赶紧将天鹅放回水池里了。

天鹅终于化险为夷了，而家鹅再次难逃一死，虽然拼命哀求，但是最终免不了成为主人的腹中物。

真　情

在一个小山村里，住着一户人家，在他们的房檐下，飞来了两只燕子。燕子很辛苦地建造了一个坚固而舒适的鸟巢，没多久，它们有了自己的小宝宝——四只可爱的小燕子。

为了小燕子能茁壮成长，它们的父母整日飞来飞去，为子女觅食。可是有一天，小燕子的爸爸被人捉走了，再也没有回来，从此，抚养小燕子的重担落在了燕子妈妈的身上。当小燕子开始学飞的时候，燕子妈妈终于累倒了。看着妈妈虚弱的样子，小燕子决定自己出去觅食。可它刚飞出巢外，就掉到了地上。这一幕恰好被这户人家的女主人看见了。女主人问小燕子："你怎么掉下来啦？是不是别的兄弟欺负你了？"小燕子说："妈妈病倒了，我为了给妈妈和兄弟们找食物，所以摔到地上了。"女主人被小燕子的真情打动了，就把小燕子送回了巢里，每天还给燕子一家送来食物。渐渐地，小燕子们都长大了，终于离开了鸟巢，到空中自由飞翔。

狮子和它的顾问

狮子发现自己有口臭,但是它打心底里不愿意承认,很是矛盾。于是,狮子把羊叫来,问:

"你能不能闻到我嘴里发出的臭味?"

羊说:"能闻到。"

狮子咬掉了这个傻瓜蛋的头。

接着,狮子又把狼召来。

"你能不能闻到我嘴里发出的臭味?"

狼说:"闻不到。"

狮子把这个阿谀奉承的家伙咬得鲜血淋漓。

最后,狐狸被召来了,也被问了同样的问题。

狐狸看看周围的情形,说:

"大王,我感冒了,闻不到什么味。"

于是,狮子放过了它。

鹿妈妈的见识

鹿妈妈带着小鹿在林间散步。

小鹿和妈妈一起沿着山间小道转悠，忽然发现前面有一条狼正在追着一只仓惶逃跑的兔子。

"妈妈，你看，那只兔子今天死定了。"

"何以见得？"鹿妈妈和小鹿停下脚步，观看狼追赶野兔。

"狼那么强大，跑得那么快，兔子肯定没机会活命了。"小鹿说。

"不，孩子，狼很有可能追不上兔子。"

"为什么？"小鹿问。

"你想想看，那只狼所在乎的，只不过是一顿午餐而已，追不上兔子，它可以再去捕食其他动物。但对于兔子，那就截然不同了，它如果被狼追上，自己的性命也就完了，所以兔子会用尽全力来逃命的。"

小鹿转头一看，果然如妈妈所言，狼与兔子之间的距离已越来

越远。后来,狼终于放弃了追赶野兔,它停下脚步,四处张望,准备重新寻找猎物。

"既然狼追不上兔子,那一开始,它就不用去追了。"小鹿说。

"也不能说狼永远追不上兔子,只要狼群一起行动,兔子逃不出它们的围捕。也许,那只狼在开始追兔子时,也希望能遇上伙伴的支援吧。"

天下第一画师

从前，有一个国王，长得身高体壮，但他的身体却有着很大的缺陷。原来，他的一只眼睛是瞎的，一条腿是瘸的。这个国王向来好面子，他非常希望画师能将自己威武的神采画出来，但又不能暴露自己的缺陷。

一天，国王召来三位有名的画师给他画像。

第一位画师，把国王画得双目炯炯有神，两腿粗壮有力，而且膀大腰圆，英俊威武。

国王看过画之后，气愤地说道：

"这和我像吗？这还是我吗？你真是个善于逢迎的家伙。"

他叫卫兵把这位画师推出去斩首。

第二位画师得知国王杀掉第一位画师的原因后，战战兢兢地按照国王原来的样子画得逼真如实，国王看过画像之后，又是一脸怒气，说：

"这叫什么艺术！"

国王就叫卫士把这位画师的头也砍了。

轮到第三位画师了。这位画师揣测到了国王的心意，于是他把国王画成正在打猎的样子：手举猎枪托在瘸腿上，一只眼紧闭着瞄准前方。

　　国王看了十分高兴，因为这正是他心目中自己的样子。国王奖给这位画师一袋金子，并赞誉他为"天下第一画师"。

虔诚的信徒

某地发生水灾，村民们纷纷逃生。一位上帝的虔诚信徒爬到了屋顶，等待上帝的拯救。不久，大水漫过屋顶，刚好有一只木舟经过，舟上的人要带她逃生，这位信徒拒绝了，因为她在等待上帝来救她。木舟就离她而去。

当河水没过她的膝盖时，有一艘汽艇经过，要拯救她，这位信徒又拒绝了，她还在等待上帝来拯救。汽艇只好到别的地方救其他的人。

当洪水没过信徒的肩膀时，有架直升飞机前来救她，但她仍然拒绝了，因为她要等上帝来救她。最后，这个信徒被淹死了。死后，她在天堂遇见上帝，并大骂上帝。上帝说那两条船和飞机正是自己派去救她的。

蛇的悲剧

蛇幸福地生活在一个潮湿的山涧中,已经有好多年了,但今年夏季有些不妙,一只雕不知从何处来,已经有好几条蛇成了它的美餐。

蛇赶紧召开大会,准备选出蛇王,带着大伙迁走,因为"蛇无头不行"。

为了保证选举的公正性、合法性,蛇开始制定选举的程序,在关于投票点和计票方法的安排上,大大小小的蛇发生激烈的争执。一连两个月,这个问题都没有得到很好的解决。

到了第三个月,它们已没有必要争执了,因为它们都成了雕的果腹物。

回头草

草原上有两匹马，一高一矮正在悠闲地啃着肥美的青草，它们心情舒畅，边吃边聊。

"一会儿等我们吃完了，再回头吃吧！你看还有好多没有吃呢！"那匹矮点的马说道。

精良的马听后，不屑一顾地打了一个响鼻，根本就没有往后看，它心想：好马不吃回头草，往回走什么呀？还怕前面没有草吗？

想到这里，它轻蔑地对刚才提议的马说：

"我可不愿意辱没了'好马'的名声,你自己回头吃吧。"

两匹马一直往前走,可是草越来越少,矮马说:

"我们还是回去吧!恐怕再往前走就没草了。"

"好马"还是那种傲慢的表情,矮马回头走向草原,好马独自走向前方的沙漠边缘。可是,它仍旧没有回头看看身后的矮马埋头吃草的陶醉样子,最后一头栽倒在沙漠中了。

不要固守在名誉的枷锁中,要敢于放弃。

吃鸡的猫

从前,赵国有户人家,家中老鼠泛滥成灾,于是,他就到附近的中山国寻找一只善于捕捉老鼠的猫。按照赵国人的要求,中山国的人给了一只令他满意的猫,这只猫在中山国是有名的捕鼠好手。只是,它有个比较特别的习惯,即不仅善于捕捉老鼠,还喜欢吃鸡。一个多月后,赵国人家的鼠患被消除了,老鼠带来的困扰不见了,可是随之又产生了新的问题。家里的老鼠被捉干净的同时,饲养的鸡也被猫吃了个精光。

儿子看了觉得奇怪,感到这是个问题,便对父亲说:

"这只馋猫吃光了我们家的鸡,为什么不把它赶走呢?"

父亲告诉儿子说:

"这就是你所不懂的了。我们家的祸患是

老鼠，而不是有没有鸡。试想一下，假如家里没有鸡，顶多在平时我们不吃鸡就是了，还不至于挨饿和受冻，但是假如家里有老鼠，它们就会偷吃我们的粮食，毁坏我们的衣物，损坏我们的家具，打穿我们的墙壁，到那时我们就要忍饥受冻了。那样，岂不是比没有鸡更可怕？所以我们是不应该把猫赶走的！"

狼与牧羊人

狼对牧羊人说：

"你的农场经营得这么好，你可真有本事。我愿意为你效劳，帮助你守护羊群。"

牧羊人听了以后犹豫不决。狼看到这种情形，认为自己的话打动了牧羊人，就装出一副很委屈的样子，痛哭流涕地说：

"对不起啊！都是我的同伴的错，它们不该伤害你可爱的羊儿，但是你总不能用别人的过错来惩罚我吧！我会像牧羊犬一样忠实于你的!"

牧羊人觉得狼说得有道理，于是安排它看管羊群。一开始，牧羊人把狼当作间谍一样小心防范，十分警惕地看护着羊。但很长时间过去了，狼始终兢兢业业地工作，丝毫没有想抢羊的迹象。牧羊人渐渐放松了警惕，对狼开始信任起来。他不再提防，而把狼当作一条老实的牧羊犬来使唤。

一次，牧羊人因有事要外出一趟，便把羊留下交给狼守

护。可是，牧羊人回来时却发现羊群和狼都不见了，原来，狼趁机把羊群带走了，它不用捕猎，每天都可以享用鲜嫩的羊肉。

牧羊人叹息道：

"唉！我怎么这么糊涂呢？落得今天这个局面全是我自己造成的，我怎么能头脑发热地把最珍贵的东西交给不可信赖的狼呢！真是后悔呀！悔得我肠子都青了！"

愚蠢的鹿

狮子生了病,就让狐狸把森林中最大的鹿骗来,它想喝了鹿血、吃了鹿的心,自己的病就会好起来。

狐狸见了鹿,就骗鹿说国王狮子快死了,想找王位继承人,而豹子暴躁凶恶、老虎骄傲自大,只有身材魁梧的大鹿最合适。现在只要大鹿去为狮子送终,王位就属于它。

于是,鹿被骗进洞中,结果被狮子一下子给撕掉了耳朵。鹿拼命地逃走了,狮子又让狐狸再把鹿骗来。

狐狸再次找到鹿后,还没等鹿发完脾气,狐狸就说狮子只是想告诉它有关王位的事情。

狐狸再一次说服了鹿,而鹿最终成为狮子的美餐。狮子吃完后,仍在寻找鹿的那颗心。其实那颗心已经被狐狸吃掉了。狐狸还说:"鹿真是没有心,你不必再找。有心的人怎么会同样的错误犯两次呢!"

山雀烧海

山雀飞到海边上,它夸下海口,要把大海烧枯!

全世界都为山雀这奇怪的举动不安地议论纷纷。海神的京城里挤满了惊恐的居民;鸟儿成群结队地往海边飞;森林里的野兽也川流不息地跑过来,大家都想看海水怎样燃烧,热量又有多大。在那些听到这轰动消息的人们中间,有一个经常应酬赴宴的家伙,手里还拿着一把银汤匙,跟着第一批人来海边。他要享受美味无穷的鱼汤。这样的筵席,连最有钱的百万富翁,也没有请他的伙计们吃过。

大家挤到一块儿,张大着嘴巴眺望这场奇观,他们紧张地凝视着海洋,不停地窃窃私语:

"你瞧!你瞧!快看海沸腾了!快看海着火了!"

"不对头!海在燃烧吗?不,没有燃烧。海发烫了吗?不!不烫不热呀!"

山雀吹牛夸口,结果如何呢?我们的英雄羞惭地逃回了它的巢。山雀闹得满城风雨,却不曾把海烧着。

花山鸡找蛋

一天,花山鸡正在树林里玩耍,玩得好开心。忽然它想起了一件事情:昨天我下的那个蛋丢在哪儿了?我今天一定要找回来。

于是,它东走走,西看看,累得气喘吁吁,爪子都磨疼了,却始终没有找到。

第二天,它还想着要找到那只蛋。刚上路去寻找,它却又要下蛋了,它急忙不问东西地钻进一丛草堆里生产。

下蛋后,它自言自语说:

"等我找到那个蛋,再回来取你。"

这样,花山鸡把刚才产下的这个蛋丢在那里,又上路了。然而,这一天仍然是一无所获,

它还是没有找到那只蛋。

第三天、第四天……

转眼间，半个多月过去了，可花山鸡还是没找到那只蛋。花山鸡气坏了，它发誓不达目的决不罢休！

直到两个月后的一天，它终于在两块山石间找到了那个蛋。花山鸡高兴呀，这可真是费了九牛二虎之力才找到的呀！

花山鸡高兴得跳起舞来，好像取得了什么辉煌成就似的。然而，它又猛地记起自己这些日子还下了很多蛋，东一个，西一个，这些蛋都放在哪里了？

花山鸡思索着这个问题，不禁有些茫然。它想来想去，又下定决心，不厌其烦地开始了寻找……

做事情和写文章一样，都要讲究条理，毫无头绪只会一败涂地。

小熊和蜜蜂

好动的小熊忘了妈妈的告诫，独自跑进了森林里。这里宽敞又清新，还能闻到许多种花的香气，比憋在又窄又闷的山洞里好多了。小熊可高兴了，它在草地上追逐着蝴蝶和蜻蜓，尽情地嬉闹着。突然，它发现了一个树洞，一股诱人的香甜气息从洞口里飘散出来，使得它忍不住直咽口水。

小熊仔细一看，发现这里的蜜蜂特别多。有的蜜蜂发出威严的"嗡嗡"声，在树洞口飞来飞去，像警觉性很高的哨兵；有的蜜蜂带着花蜜从原野上归来，像辛勤的搬运工人；有的匆匆外出，忙着飞到森林里去采集花粉。

小熊被眼前的景象迷住了，它急切地想要弄清楚，树洞里到底发生了什么事情。它趴到了树洞口，先是把鼻子凑上前去闻闻，跟着又把毛茸茸的爪子伸了进去，结果它捞到了满爪子暖烘烘、黏糊糊的东西，抽出来一看，爪子上尽是金黄色的蜜汁。小熊试着舔了一口，甜得它眯紧了眼睛，它满意极了。可是不容它再尝第二口，暴怒的蜂群就向它袭来了。没一会儿，小熊全身上下都是蜜蜂，它们有的叮耳朵，有的蜇嘴巴，有的刺鼻子……小熊痛得"哇哇"直叫。它举起前爪左右扑打，谁知蜜蜂一点儿也不怕它，反而攻得更紧了。小熊抵挡不住，只得满地打滚，那又痛又麻的滋味，让它苦不堪言。

小熊带着满身的伤痕，沮丧地逃回到家中，眼泪汪汪地向妈妈哭诉自己的经历。妈妈又照例责备了它一番，并赶紧用泉水帮它洗涤伤口。

从此以后，小熊终于明白了一个道理：甜是要以苦作为代价换取的。

简洁流畅的语言
组成一个个小故事
将智慧和美德等优秀品质
带给每一位读者